楊照

迷路的詩

◉楊照／著

聯合文叢 101

目次

（序）詩人迷路了嗎？

——《迷路的詩》坦白供述了什麼

張大春

純潔的情感、脫軌的渴望、易碎的夢想、焦躁的青春、瘠瘦的靈魂、受創的記憶……還有很多很多更準確或者準確得更俗濫的詞語可以用之於一個寫詩的少年身上罷？七〇年代中期以後邁入青少年階段的台灣新人類和比他們早幾年乃至早十幾年出生的世代似乎已經有了較寬敞、鬆動的成長空間了，但是他們仍舊感受得到種種壓抑、箝制和禁忌，不然，有什麼力量能催喚他們寫詩呢？

余生也晚，未能有幸如六〇年代渡過青春期的前輩那樣總可以在回憶中欣逢嬉皮、學運、迷幻藥和保釣等等驚人的符號，這使得我在回頭瞻看一下那些比我還要年輕的人類之時不免起疑：這些小孩子也能有什麼偉大的挫折、壯美的感動或者深刻的體驗嗎？

要不，還是任何一個儘管再平庸、再浮泛、再無所是事的世代都可以透過某種神秘主義式的辯證讓卑微瑣屑的個人成長旅程與宇宙的秩序、人類的處境、歷史的軌跡、社會的變遷產生相互映射的光影？不然，又有什麼力量能在任何一個時空之中形塑詩人呢？

比我還要晚六年出生的楊照在一篇評論《我妹妹》的文章中曾經指出：《我妹妹》這種猶似「懺悔錄」（Confession）寫作的小說大約是依違於盧騷和聖奧古斯丁兩種懺悔錄之間，也就是「覺今是而昨非」型的悔悟和「你所不知道的我究竟如何」型的告白。那是一篇令像我這樣一個作者感動的評文——因爲作者發現評者進入作品內文的方式與作者如此歧異卻又如此深刻；但是，我仍舊不揣淺陋地和楊照討論過盧騷和聖奧古斯丁之外的懺悔錄，比方說蒙田式的辯護（Apology）算不算懺悔錄呢？

如果說是爲了反駁，像反駁高森（Stephen Gossen）對文學的撻伐而寫的辯護之文——〈爲詩辯護〉（An Apology for Poetry）；那麼西德尼爵士（Sir Philip Sidney）的Apology則是如此地純粹，並不含有近代容用此字時所飽含的抱歉之意。然而，「抱歉」是多麼詭異而歧義的一個語彙，所有的抱歉之語（對不起、我錯了、失禮、請見諒之類）都不能免除這抱歉者「已然」或「既然」的一個強硬立場；抱歉是一個迫使抱歉對象接受已然如此或既然如此之事實的字——事實容或是發生之中或發生之後，則抱歉這個語彙正暴露了它的無效性，也惟其在理解了抱歉的無效性之後，我們才能重回Apology這個字的雄辯淵源，它的意思是辯護。其實，它的意思是辯護。

「懺悔錄」通常被理解爲某種藉著「坦白供述」的形式來記錄某個成長（或醒悟、發現）歷程的書寫，它往往會喚起同情的原因是閱讀這個活動與瞭解眞相這個意圖之間的等同關係，而這個等同關係是不是非常「神祕主義」式的呢？質言之：當我們談到一篇、一本或一套看似「坦白供述」的文字的時候，我們是否已然皆爲不察地認爲我們已經瞭解（或者逼近）了眞相呢？

那麼，我們可以在這裡理解楊照的懺悔錄——一分比許多懺悔小說（Confessional Novel）更坦白供述的記錄：《迷路的詩》。

倘若祇讀《迷路的詩》的第一篇〈迷路的詩〉，可以從第一段就驟下結論。楊照這樣誘捕讀者：

> 少年時代早已逝去了許久，浪漫情懷也逐漸無從負擔，每日在熙攘喧嘈的街衢間擲盪來回的腳步，習慣了偶爾蹙眉怨歎，偶爾縱情放歌的心情代換，便不再想起詩，不再覺得有躲到哪個冷冷角落咀嚼一首詩的必要。

彷彿一切耳熟能詳的、近中年式的、滄海桑田的覺悟，詩當然會迷路，因爲詩人會老。

可是，楊照給了我們一本相對於這種俗成覺悟的書；在更多的篇幅裡，楊照這個寫過詩的人告訴他的讀者：詩（人）之所以迷路並不是因爲詩人老了，而是詩人楊照過於年輕。

一九六三年出生的楊照如此寫下〈在有限的溫暖裡〉的句子：

什麼時候停止寫詩的？美麗島軍法大審那年。不是徹底的停止，句子還是一行一行潦草地抄錄在本子裡，然而卻徹底失去了發表、整理成篇章的動機。有一些別的事情干擾著我的浪漫詩人夢幻。我的詩，別人的詩都少了些什麼，一些我愈來愈覺得不應該缺少，偏偏卻無從予以掌握的東西。

喜歡把楊照編入台灣當代政治環境和活動的論者一定不會錯過這麼一段，因爲這樣的坦白供述顯然坐實楊照基於「政治的關切」而指導了他的文學思想。然而，如果不把

「政治」擴充到無所不與的人生態度裡去的話，毋寧以爲：由於察覺到文學的（詩的）「荒蕪本質」（〈在有限的溫暖裡〉）才醒悟了、發現了詩或者文學其實已經暴露出Apology的無效性。

視文學爲「苦悶的象徵」、「人生的投影」、「苦難的救贖」者，恐怕無從體會：文學工作祇是它自己的辯護，而這辯護之所從來，乃是由於文學（詩）無法和人（人們所以爲的）它所映照的廣袤現實逐一對應。相較於切肌入理的生命情境或存在處境，相較於正義、公理、世事、時局，哪怕是相較於天氣和愛情，文學或詩之單薄脆弱似乎不言自明——它祇能鮮活生動地顯現在紙上。也就在這個關鍵上，所謂歷史過於龐大；而相對地，詩人就過於年輕了。

專攻史學的楊照反覆在《迷路的詩》裡坦白供述的是他與Y的曖昧初戀？是他在建中的叛逆行徑？是他追隨前輩詩人的複調歌詠？是他輾轉反側的童騃往事？還是他早熟又早逝的閉鎖青春？無論《迷路的詩》的讀者在這本書裡獲致任何形式的感動，都可能觸及一個問題：（或者說楊照的詩）爲什麼迷路了？

迷路二字可能形成一個夸飾的意象，因爲它太容易融入世俗生活情態的任何角落並形成解釋。這不會是楊照的本意——以例言之：楊照從未試圖將他與Y的情愫泛濫成本格派的言情故事；也正因如此，任何一個可供解讀成世俗生活情態的迷路狀況在《迷路的詩》這本書裡都可能是毋須夸飾而顯靈的轉喻。做爲一個非常有限而且充滿對詩人豔羨之情的讀者，我寧可把迷路解釋成「詩人楊照」與「非詩人楊照所面對的世界」之間的扞格不入。「非詩人楊照所面對的世界」向未改變，而「詩人楊照」卻早在一九八〇年已確認了詩的「荒蕪本質」；於是才會出現這樣的句子。

我清楚看透了，之於我，詩是耽溺、小說是報復，散文則是無望的發洩。

直截了當地說：「詩人楊照」並沒因爲不寫詩而成長或退化，他祇是不能用詩的耽溺去應付「非詩人楊照所面對的那個世界」，一個值得又不堪用史學耳目去挖掘的世界。如果要用更淺顯的字句來說的話，我會這樣說：楊照和某個大時代相互錯過了，正因如此，我們的詩人會在懺悔錄中寫下這樣的句子：

也許因爲我在這個秩序裡找不到關於惡戲、關於暴力、關於Y的眞理罷，所以終究這個秩序也不再有我的位置。——〈另一種眞理的探求〉

懺悔錄。抱歉。是辯護。多少次楊照坦白供述了他年少輕狂的惡戲、天眞純摯的摹想，然而，成長、世故、知識與經驗的累積甚至可以直書之爲「在某個秩序裡終究找到了我的位置」的楊照在《迷路的詩》裡提供了一個意義矛盾的啓蒙線索，即使我們發現楊照並不樂意這終須到來的「位置」。不過，反覆的坦白供述總然具現了反覆的盤詰質問：

詩人迷路了嗎？

詩人在巨大卻遙遠的時代符號之前迷路了嗎？

詩人在茫昧卻深植的愛欲感傷之中迷路了嗎？

詩人在頑強卻卑微的美學信仰之下迷路了嗎？

詩人在辯護卻抱歉的坦白供述之後迷路了嗎？

楊照——依據一個身爲朋友、以及讀者的我的理解；是擅於迷路的。他所描述的少年時代之所以能夠被體會、理解、衍義甚而引發感動，乃是由於我們從來無法判定：聽信辯護和接受抱歉之間有什麼律定的因果程序。那麼，這個世界的一部分果然是由詩組成的——

原來各片世界的分裂存在是件被視爲當然的事，然而因爲詩，這錯綜的謎與禁忌組成的網絡卻變成了一座迷宮，我在對詩的懂與不懂，朗讀與背誦間逐漸地迷路了……——〈謎與禁忌〉

渴望追求眞相——尤其是渴望追求大時代歷史眞相的詩人當然會迷路。儘管這樣的詩人可能誕生於一個平庸、浮泛、無所是事的時代，他總可以找到自己和大者（The Greater）之間的聯繫，即使那是迷宮，即使沒有出口。而迷路的軌跡會須成爲懺悔錄，即使是抱歉，即使是辯護。

迷路的詩

很長一段時間，生活裡完全沒有詩的踪影。少年時代早已逝去了許久，浪漫情懷也逐漸無從負擔，每日在熙攘喧嘈的街衢間擲盪來回的腳步，習慣了偶爾蹙眉怨歎，偶爾縱情放歌的心情代換，便不再想起詩，不再覺得有躲到哪個冷冷角落咀嚼一首詩的必要。

想起詩的那個早晨，Y打電話來。我從一陣痞痖詭異黑白無聲的睡眠裡驟然醒來，乍乍聽見話筒裡Y熟悉然而又被時間沖刷洗白了一層的聲音，感官霎時在夢與現實、即下與過往間莫名所以地穿梭跳盪，整個世界彷彿要在重重的弔詭中迸裂爆炸。一股驚急的暈眩襲來，一種迷路的感覺。

詩總給我一種在幾個被神秘地切割開的世界中逡巡找不到出路的恐慌，一種迷路的感覺。

而Y竟就跟我談起詩。像一個久違了的朋友。久違了的Y和久違了的詩。

Y說她正在一所中學代課教國文，下星期的課文是詩，現代詩。她把自己過去擁有的零落文藝書籍搜出來，卻赫然發現所有與詩有關的書都是我送給她的。她甚至還在一本附有楚戈禪味十足的線條插畫的《韓國詩選》夾頁裡找出一張我寫的詩。

「今夜我的座椅將不再當窗……」她先是帶些戲謔意味地朗誦了詩的開頭，我正要阻止她，她卻又換了一個比較風塵蒼茫的慨歎說：「那些日子呵。我都忘了，我甚至忘了曾經讀過這樣一首寫在雪白蟬翼薄的航空信紙上的詩了……」

我可以感覺到自己臉上皮膚因尷尬而蜷擠的力量。我也幾乎忘了，或者以爲自己忘了。然而事實上在那一瞬間，卻什麼都回來了。

今夜我的座椅將不再當窗
木紋細膩的封鎖悄然取替了
涼風習習的想望
子夜街頭變換的潮寒季候
以及寂寞以及慰療寂寞的擁抱
都將不再與我干涉

今夜當窗的心情不再干涉
我私自暗擬虛構的劇目
死了朝菌死了蟪蛄死了蜉蝣
短暫的生命輪迴中
演了一遍又一遍又一遍
無謂的殉情與無聊的等待

今夜我封鎖所有的心情
不再等你……

Y在電話那頭半認眞半開玩笑地問：「這是一首情詩嗎？」我撐起身子讓自己靠坐在床頭，無法回答這樣一個顯然遲來了許久的問題。

如果是十一年前，剛寫完這首詩的那個晚上，我應該會怨懣不平地回答說：「不，這是一首失去愛情的詩。」如果是七、八年前，我可能會呵呵地笑出聲說：「那只是一個笑話罷了。」而進入一九九〇年代，詩的踪影失去了許久之後，我卻迷失在對回憶的意義追索的歧路裡……

原來這一切我都記得。一九八〇年是個沮喪的年頭。到處悶悶的讓人覺得好像手腳長出肢體外都是一種叛逆、危險的姿態。前一年還不是這樣的，七九年很熱鬧。甚至再早，七八年也還有些值得一生存記的騷動。

我還記得那是個初夏的晚上，一九八〇年過了差不多一年，而我們的高二只剩下幾天。下學期的校刊向來是畢業典禮那天出刊的。那時節我其實跟校刊社沒有任何關係了，但那些編輯都還是我的死黨，所以從完稿的最後階段我就跟他們一起在校刊社裡混，剪貼、校對、打地舖過夜，被侵犯肚皮的露氣冰醒就找出撲克牌來打一圈梭哈，用那一年莫名其妙改成單張式的學生月票作賭注。

畢業典禮那天晚上，我也跟著他們在林森南路上的一家蒙古烤肉店裡爲出刊而慶功。我們囂張地抽著昂貴的長枝肯特菸，叫來一瓶瓶的啤酒和紹興。有一個夜間部的編輯惡戲地拿來兩杯褐黃的紹興要和我對乾，他搶先喝盡眼前杯中的液體，我只好在衆人鼓噪中狠狠地將嗆人的氣味硬灌入喉嚨裡。然後他們才嘩然宣佈對方杯中的是茶、不是酒。

我沒有生氣。我甚至沒有氣力作出一個自我解嘲的鬼臉。夜深了，這個玩笑算是散場前的壓軸。走出餐廳，熱烘烘的空氣襲面黏貼成爲裹身的汗意。像是要釋放掉被封塵了的發酵乙醇，我張著嘴，踉蹌地朝林森北路的方向走去。

我想我喝醉了。我拖住樹哥和菜動（我們那群朋友有著各式各樣考驗人想像力的外號），拒絕搭上可以到家的公車，一直走一直走，同時口裡一直一直說著話。

我無法控制自己的嘴巴，可是卻很清楚知道自己在說些什麼。隨著高二的結束，我們的自由反抗也將要星散了罷。聯考的陰影會徹頭徹尾的改造我們。沒有公假、沒有蹺課、沒有校刊社一櫥櫃一櫥櫃的課外書籍、沒有星期六下午鎖門流傳的黃色照片、沒有不及格也不在乎的數學考卷……

我抱怨著各種詛咒從去年年底之後紛紛地傾倒在我們身上。去年年底的那一陣混亂。每天走過重慶南路幾乎都會發現有新的雜誌竄冒出來。裡面講著些我們以前不懂的事。我們總是熱切地翻閱直到書攤老闆投來極其兇險的眼光，並且趕脫了一班又一班的公車，回家時可以聽到路上商店鐵門吱嘎吱嘎打烊的響聲。

民主。戒嚴。黨禁。台灣史。蔣渭水。雷震。台灣民衆黨。謝雪紅。獨裁者。

那一陣子，大批陌生或者原本因太熟悉而失去明確意義的字眼，突然透過那些朝生暮死的雜誌流傳在我們之間。我們大聲地爭吵它們背後的邏輯關係，眞實的或想像的，就好像這也是平日戲弄玩笑的一部分。

七九年時，我們不尊重任何規定。我們想辦法打破所有的規定。我們甚至在校刊上嘲弄隔鄰的女校。那是我們叛逆史的顚峰。彭鳥模仿莊子的筆調（我們那時如同發現新大陸般讀著陳鼓應以存在主義觀念附會解釋的莊子）寫了一篇短文，把「北一女的新書包沒水準」一行字樣藏在裡面。文章、完稿都通過審核了，出書當天，我還記得是十二月一日星期六，才被總教官看出端倪。訓育組長緊急廣播要求各班將新發的校刊悉數繳回。那可能是校史上空前絕後的校刊回收事件。然而消息迅速走漏，有人在交回前先把出問題的那一頁撕下來留存，還有人假藉名義溜出校門影印。

風波席捲。校刊社所有社員集合起來，在訓導人員監督下撕書，撕下來的紙頁還要點數裝袋，送往訓導處銷燬。可是到了中午放學時，校外的文具店幾乎每家都影印了數十分問題文章，待價而沽。尤有甚者，風聲傳到了女校，連女校旁的文具店也透過同業關係開始印製傳售。

星期六下午，我在訓導處領受總教官及訓導主任的咆哮。其他社員還沒把書撕乾淨，女校校長已經主動打電話來訊問事件來龍去脈。我耳邊塞滿了記過的威脅。那時節的少年總難免有些英雄主義的妄想。我把音量提到和腔調很重的訓導主任一般高，堅持這件事由我一人完全承擔。我是主編，所有稿件是我安排審理，所以要記過只能記在我頭上，與那個專欄的三名編輯沒有關係。

我那副理直氣壯的模樣，惹得訓導主任幾乎要撲過來揍我一頓。可是卻提醒了心機城府、官僚閱歷都比較豐富的總教官。他把訓導主任勸住，然後去調出我的身家資料，仔細地端詳、檢查我父親的名字。

我父親的名字裡有兩個非常冷僻的字眼。聽說都是中醫藥材的名稱。我事後輾轉得知，總教官對那兩個字感到某種禁忌。通常會這樣取名字的家庭都有些特殊的背景。而且通常會盲目依照英雄主義不計後果行事的少年都出身於不簡單的家庭。基於這兩點考慮，他決定先把處罰案按下不動，他的軍旅經驗告訴他，必須先弄清楚我的來歷才行。

其實我家裡什麼背景都沒有。可是我及編輯們竟然就這樣逃過了處罰。當然這跟女校校長的反應也有關係。我們早就聽說她是個虎姑婆型的老太太，嚴厲苛刻而且對教育抱持一種近似軍事訓練的信念，她管理的女校上下課都還使用金屬刺耳的號角聲。撕書事件後五天，就是我們學校校慶，女校校長循例會來參加典禮，那次她來之前事先打電話給我們校長秘書，指名要在典禮後見我。

校長秘書是個脾氣古怪暴躁的小老頭。他事先把我找去，要我立正在桌邊聽他訓斥。他的個子很小，坐著的時候更顯得袖珍，我老是看見日光燈照在他半禿卻擦得油亮的頭頂上，再反射躍跳閃著我視網膜的白燁燁冷光。他罵得愈兇，頭晃得愈厲害，光也隨著到處亂射，那種混亂無序不知怎地便透顯出一種喜感來，我幾乎要忍不住笑起來。為了要忍住笑，我只好把氣充吹到腮幫子裡，讓兩頰囫圇地圓鼓著。校長秘書看我作出那樣的表情，無法再克制自己的脾氣，半支起身就對我揮過一掌來。

我完全沒料到他會動手，本能地向後躲閃了一下，他身材不夠高，加上桌椅卡陷，一掌揮了個空，整個人重重地跌在厚質紅木的桌面上。可以想像那一定很痛。痛楚會讓一個人失去控制，急於想報復。我意識到他的怒火更燒旺了一級，也沒怎麼考慮便返身奪門而出，校長秘書在我身後發出狼嗥般的叫聲，腳步踉蹌雜沓地追來。我們極其滑稽地在紅樓古意盎然泛著青寒氣息的走廊上閃躲追逐了兩圈，正不知如何收場時，操場上的典禮結束了，校長伴同著女校校長走上樓來。

秘書以驚人的速度迅速回復唯諾卑屈的模樣，只是在跟兩位校長點頭微笑時，不忘乜斜白眼惡狠狠地瞪向我氣吁吁地乍然停歇的位置。那一刻，我禁不住劇烈地打了個寒顫。

我想我那時候眞的怕。第一次意識到這一切可能帶來的後果。不能想像如果被退學或留級什麼的。我們的教育體制裡可沒有羅賓漢的綠林留給英雄。恐懼一下子淸除了我心中原有的玩笑心態以及自以爲是的傲慢。重回校長室後，我的眼前就是女校校長那張略顯有些腫脹，本來老化的皺紋被不自然地撑滿著的臉。

臨大事的惶慄使我不像前幾天那樣口氣衝動。我近乎低聲下氣地向女校校長解釋我們爲什麼會開這個玩笑的種種原因。各校的高中生圈圈裡都在流傳關於女校今年換的新書包的笑話。鮮亮的綠色接近新生幼稚園的書包顏色。而且不小心會被駕駛人誤認爲是跌到地上低低的綠燈。幼稚的新校名圖案有損第一志願女校的風範。更何況原來的書包的傳統被橫生棄絕了。大家都不滿意。背新書包的高一新生更是不情願地在公車上掩掩遮遮。我們費了很多心血要把這種學生間的共同心態傳達出來。就是不願得罪貴校才需要用這種方法。我們編輯寫的文言文中規中矩。不知道的人許多還以爲是照抄莊子原文呢。您看您看，這不也是一項智慧的表演嗎……

簡直像奇蹟一般，女校校長被我逗笑了。她像個電視裡的老媽媽，把我的手抓過去握在她的雙掌中輕輕拍了拍。「你這小孩還不錯。我喜歡。是愛開玩笑了些，不過還知道分寸。而且我們那個新書包是眞的沒有舊的莊重。我跟你們保證，明年就換回來了。

換回來了。不錯。你。我是滿喜歡的。」

女校校長一面說，我一面帶點不好意思地露著恐怕頗有諛媚意味的笑容。

那是七九年十二月六日。撕書事件大致風波底定。沒有人被記過、處罰。我沒有跟社裡的人講述這些事，主要理由可能是覺得羞恥。那天對女校校長講話的過程我不太願意去回想。像一場鬧劇，而我是劇裡的大丑角。與我原來英雄主義的信念幾乎是一百八十度的逆轉。

八〇年初夏的晚上，我才說給樹哥和菜動聽。因爲我醉了，因爲我覺得年少青春的一些熱鬧風華好像正要不復還地離我遠去。我原是想抓住些什麼的，抓了半天，手裡空空的，只留下因爲抓不住而發的滿腹牢騷。

十二月六日校慶。十二月十日就發生了美麗島事件。校刊剛編完那幾天，感覺非常不習慣。沒有公假可以請，只好回到教室裡上數學英文。驀地感受到鄰座有人對我們懷持著種種的情結。有人暗地裡指責我們藉編校刊的機會享受特權。另外有人因爲我們不時冒出離經叛道的言論而冷眉橫目。同時卻也有人慫恿我們帶頭反抗他們所不滿的老師威權，還有人急於透過我們瞭解課本以外、電視以外的世界還有什麼值得接觸的。

那個初夏的晚上，我格外清楚記得阿翔。阿翔坐在我的左後方，他是造成進入八〇年後我的世界轟然崩潰的主要敵人。我只向樹哥及菜動抱怨兩件事，我和阿翔無數衝突中留下傷痕最深的兩次。一次是八〇年的新年剛過，我們回到學校補寫假期中的作業。英文作業裡每一個字幾乎都不認識。看了半天意外地找到Bible這個字，我私底下跟另外一個同學說：「〔bibl〕，這個字好熟，好像在哪裡聽人家說過……」這時阿翔突然冒出一陣大笑，竄過來指著我作業上的字說：「什麼〔bibl〕！這是〔barbl〕！連『聖經』這個字你都不認識。還說聽過人家說〔bibl〕，哈哈哈，我知道了，你一定是把它誤弄成 Bill Board了，熱門歌曲排行榜……」

我座位周圍的人都跟著哈哈笑，好像這眞是個天大的笑話。多麼沒有面子的事情哪，我既不懂聖經，也不懂熱門歌曲排行榜。

又有一次，是美麗島事件發生後沒多久。早上朝會時校長聲色俱厲地誦唸了一篇譴責暴民的聲明。可是那時候一直還沒有確實要抓人的消息。大家都覺得納悶。中午時，我們在走廊上跟著憂國憂民地談論著，有人義憤塡膺地主張政府不應該猶豫，要立即把這些人抓起來槍斃除害。我可能是讀了最多「有毒」雜誌的人，我從那些啓蒙色彩很濃的雜誌裡學來的古怪知識使我決定採取不一樣的立場。我猜測政府不會抓人。因爲如果抓人可能會暴露出許多政府本身法令與政策，或法令與法令間衝突的地方，這樣反而可能給社會帶來更大的動盪。我費盡唇舌解釋黨外雜誌及事件所批評攻擊到的政府弱點，勉強說得幾個同學半信半疑，就在這當口，阿翔用類似於不屑的口氣插嘴說：「別笨了啦！怎麼可能不抓人？我跟你打賭政府一定要抓人！」

可笑的是，我眞的笨到和他打賭。沒有什麼實質的金錢賭注，而是把我那股衛護自以爲眞理的意氣賭上去。我當時意氣用事到忘了阿翔的父親是政府稅務單位的高級主管，也渾然沒有想到這世界不一定是照道理、邏輯在運行的。

抓人的消息傳來，阿翔在教室裡一排排的桌子間用激亢的口氣喊著：「終於抓人了！終於抓人了！」而他的眼睛，一直盯向洩了氣癱伏著的我。

七九年的熱鬧一場，給我們一些新的訊息，到了八〇年卻又統統收回去。那時候，樹哥和荣動扶著我走到了林森北路的市場邊，我又突發奇想要去冰店吃一碗冰。吃冰時，我繼續扳著指頭計數八〇年半年來的種種挫折。那天教官把我們找去，指著每個人的鼻尖鄭重其事地詛咒：「你們這些壞分子，保證不會有一個考得上大學！」那天走重慶南路逛書店時，被誤認爲偷書賊，差點在暗巷裡被痛打一頓。那天看見街角的書攤被新聞局的人完完整整地翻過來，那個與我們相當熟悉的老闆，四十來歲的壯碩本省男子，被警察帶走時嚎啕地大哭出聲。那天聽說誰誰的姊姊去了美國不回來了，那女孩中美斷交時親手燒了美國大學的入學許可，結果還是走了，多麼漂亮有氣質的人哪……

那天，我確切知道Y有一個唸東海大學的男朋友。吃完冰後，我突然告訴他們有關Y的事。其實我也許不是眞的喜歡Y，也許是眞的喜歡她。不知道。我從來沒有告訴過任何人。我只知道對Y一直有一分等待的感覺，至於等什麼，我從來也不敢去追究。我想我眞的醉了。我有一抽屜給Y的信，沒有寫什麼，只是試圖捕捉那種等待的感覺，不只是對Y，好像對這整個世界都在等待，我們都在等待著些不知道會不會到來的東西。因爲從來沒有準確地捕捉到，所以就沒有寄出去過。

我想我眞的醉了。樹哥和菜動送我到Y她家巷子口。我打電話約她出來十分鐘。等待她出來的時候，我突然決定回家後要把書桌換個位置，遠離窗口。就這樣一個莫名的念頭起來，我從書包裡拿出紙筆，頂著沒有燈的電話亭涼沁玻璃，急急地寫了一首詩。

「今夜我的座椅將不再當窗……」

見到Y時，我沒說什麼，只是把詩遞給她，傻笑地扶著額頭說了一句：「呵呵，我喝醉了……」

我還記得，那個少年的我一直沒有回到家。隨著詩和碎裂的世界鏡影在深夜的衢巷裡繼續迷離著……

謎與禁忌

我彷彿看見自己等在大同公司的站牌下。

那一年，海峽兩岸的獨裁者都還活著，中南半島的戰事尚未有要結束的跡象，而中山北路上成排的樟樹進入了十月的秋季，卻依然兀自地綠著。

樹的輪廓一籠一籠地由無數細碎葉片錯雜簇擁而成，在陽光下呈顯爲一種煙濛的深青色，不規則的光影交織折晃出龐然魘魅的感覺。略一抬頭，眼光越過樹影頂端，就看見對面建物的白粉牆，四層高的牆頭用鮮紅字跡寫著「香聞世界的上島咖啡」。

在那個時代，童年愚騃的生活裡充滿了種種的謎，眞實的與想像的。有些謎更遠跨一步進入禁忌的領域，制扼住了去猜探的念頭，只在心底沉澱醇化爲不時嚙咬著感官的奇異刺激。

像不久前關閉的日本大使館。那天黃昏我如同往常負責到農安街頭的麵包店買一條質地結實，據說是符合美國標準的吐司。在路上看見齊聚的人群遠遠近近盯視太陽旗緩緩下降，與一般街巷間的熱鬧最大的不同點就在幾乎所有的人都噤聲佇足，而不是喧嘩議論。光是那麼多人組成的沉默就具有一種神秘的恐怖，何況在這沉默之下，還暗流著些極其小心的耳語傳遞。整個氣氛很像有一次學校朝會，隊伍整理好了，導護老師權威的命令也下達了，全場莊嚴肅然地黏在各自的定點上，唱完國歌剛開始昇旗，播音機突然沒了聲音，慌張的旗手也不知道該不該繼續拉放繩索，死靜的寂然中，我們大家轉著眼珠尋找在愕漠不自然中的彼此慰安。這種氣氛包括了複雜的元素。通常大人的複雜就是小孩世界無從透穿的謎。

像雙城街口的「白蘭地酒吧」也是一個謎。沿著中山北路三段向圓山方向延伸擴展的「美軍顧問團」更是一個謎。倒不是吧女、美軍的關係。我們常常在街上看到白皮膚黃頭髮穿軍服或便裝的洋人。除了覺得他們每個人都長得很像，不時爲了判定這個洋人我們上次是不是見過而起爭執之外，我們很少在看到洋人時起騷動。

至於吧女更是熟悉得很。家裡開的服裝店就有不少「上班的」顧客。在那時都市女性就業潮還未萌芽前，所謂「上班」指的只有一種「班」。她們幾乎毫無例外地留著直溜溜的長髮，夏天迷你裙、冬天喇叭褲，活脫脫是「蘇絲黃的世界」裡關家倩的翻版。

不過讓我留下較深印象的幾個小姐，似乎都比關家倩漂亮。至少她們自然的雙眼皮與關家倩誇張的細目鳳眼光彩得多。

她們通常比家庭主婦們爽朗，喜歡放開喉嚨的笑法，而且對小孩有一種特別的寵愛、親近。大部分時候，她們都會給我帶來好心情。她們洋派的作風除了拍拍我的頭外，有時還會激動地給我一個滿懷的擁抱。或許也是因爲有太多家庭教小孩像躲瘟神般逃避她們，所以對在店裡胡混一點也不怕生的我，表現了分外的熱情罷。

而且她們一般不會太計較金錢。媽的脾氣倔直，最懶得理睬動不動愛討價還價的顧客。不過吧女們的直截了當有時也帶來可怕的後果。遇有爭執時，她們往往不像家庭主婦般保有最基本的儀節規範，可以破口從店裡罵到街上。如果發生這種事，我們一家一連幾天都會沉陷在惡劣的低氣壓裡不能動彈。

酒吧和顧問團不可解的地方是在環境的營造上。原本不陌生的人進到漆暗霓亮強烈對比的煙硝小屋內，或者是走在綠油無垠的陽光草地上，似乎就失去了與我們共同的生活背景，而化成電影、夢境的一部分。小時候，我們的世界沒有「寫實主義」這種東西。我們從來也不會認爲報紙、電視、電影上呈現的故事、影像是在描模現實，它們單單純純就是其他世界的剪影。也因而任何引起電影畫面聯想的場合，總讓人有偷窺到靈異境域般的悸動。

我還記得有一回，一個吧女帶一名美國水兵來店裡。湊巧當時另一個吧女在試穿訂做的衣服。那名水兵坐在圓櫈上無聊地等著，突然心血來潮地趴到地上好像要找什麼。看著他的舉動我差點失聲笑出來。我馬上發現他眞正的企圖是偷看更衣室裡的女體。這個把戲在我好奇的童心裡不知轉過多少次了。甚至有兩回都已經設計了把鉛筆、布尺弄掉在地上，然而畢竟怕被媽視破而沒有眞正這樣做。沒想到那個水兵竟然與我有同樣的想法，而且他起身與我的眼光接觸之際，還特別朝我戲謔地眨了眨眼。原來我們是同類，甚至可以說是同志。我暗喜地想著。

然而幾天後，我確信又見到那名水兵。我陪來家裡小住的外婆散步去圓山，路過顧問團時，從兩名憲兵崗哨間看見營地上玩具般的木頭彩屋散落在到處有龍頭在噴水的草坪間。他制服筆挺地和另一名水兵並肩逆著陽光走。一會兒，他們的身體被水珠折射的光霰遮掩得只剩彷彿在氤氳中騰化的輪廓，突然間，我和他的共同聯繫斷裂了，他被還原到一個我不能理解、更無緣進入的傳奇裡……。

另外一個謎是圓山基隆河畔的鬼屋。純然歐洲風味甚至帶有巴洛克圓頂的宅屋荒蕪地站在古老、濃蔭的樹障裡。我們原先都以爲那是座教堂，然而後來卻傳來說有工人在拆那座屋子時先後出事意外身亡。的確，屋子外的鷹架搭了一陣子就又拆了。我們曾經試圖走到鬼屋周圍探險，可是卻連接近的路都找不著，空轉了一圈又一圈，因想像著外國鬼這樣雙重陌生相乘恐怖效果的東西，而流了一身冷汗……。

「香聞世界的上島咖啡」也是個謎樣的東西。那當然是個不折不扣的招牌，可是我們從來沒看過招牌寫這麼多字的，而且「香聞世界」這個字眼不知怎地讓我覺得那麼接近詩……

少年的我盯著神秘的咖啡店字樣，立在站牌下等車。我們的世界被謎和禁忌切割成一片片的，而且安於接受碎裂的存在方式。我們不像現在的小孩那麼急於提出問題，更從沒想過要得到所有的答案。如果說現代社會的特性是碎片拼貼式（fragmented）的，我們的童年是眞正的現代產物。缺乏統一的邏輯，茫然地在謎與禁忌區劃的隔間裡穿梭跳躍……

一片又一片的世界。布袋戲是一片世界。中午時分，邊吃飯邊削鉛筆邊看「藏鏡人」又一次逃進黑暗的佈景裡，沒有露出廬山眞面目。「眞假仙」收了一具又一具屍體，背上還是扛著一捲又一捲草蓆。江湖英雄爲了道德、道義而落拓不堪，倒是「老和尙」、「二齒」永遠都笑嘻嘻地逢凶化吉。

五年十六班又是一片世界。初中聯考停辦了好幾年，老師卻還是熱心地進行補習。補習是這片世界天經地義的主軸，也沒有人曉得要反抗。老師說補習都是自願的，老師如果有一點點強迫，你們可以去校長那裡告，去督學那裡告。補習主要在幫助你們應付作業。每天放學前老師在黑板上寫「今日功課」，通常有十幾行生字，而一定有數學參考書習題幾之幾。作業當然要用心作，尤其數學最重要。所以第二天早上要收簿子來批改，不到八十分的每差五分打一下。參加補習的人到老師家寫作業，老師管著寫，當然會比較認眞。所以他們補完習前，可以參對老師寫在小黑板上的標準答案把作業改一改，該擦掉的擦掉，該有的標準答案抄得工工整整的方能回家。這樣的補習絕對是自願的……

沒有參加補習的人又是另一個世界。T就住在老師家旁邊的弄巷裡，我放學時都跟他走，他回家，我去補習。T有一道直挺好看的鼻子。他說他從小就喜歡捏塑自己的鼻子。有一陣子，我每天捏鼻子一千次，鼻頭血紅，而手上沾滿脂膩，以爲這樣子有一天可以有像T那樣令人羨慕的鼻子。可是T他家那條窄弄，我怎麼樣也不敢再進去。他們那裡住的都是同一個部隊裡一起退下來的人。我聽不懂他們扯開嗓門講的話，在陰潮幾乎沒有陽光的空氣裡那聲音像是先凝結，取得厚實質量，再飛砸過來、飛砸過去。我不知道不補習的T，每天下午回到圍著一口打水井擁擠著十來戶人家的地方去做些什麼。他甚至沒有一張作功課的桌子。掛滿了上百件衣服的公共天庭也沒有讓他們玩「過五關」的空間。也許正是這樣，所以T才無聊地捏捏自己的鼻子？我不知道。

即使在參加補習的人裡面，每天制服換得乾乾淨淨的女生又是一片她們自己的世界。Y是和我最要好的女生，可是她也常常作些我不懂的事。例如說有一陣子Y和D習慣口裡唸唸有詞，像是在背誦有韻、音樂性極高的課文，當然不是課本上的。她們互相考對方背誦的進度，並因而流露出特別的得意神情。我忍不住問Y，她竟然悍然地拒絕告訴我。她只說那是很艱難而且很珍貴的古老智慧。

我不喜歡生活裡又多了一道謎，尤其這道謎隔開的是Y的那片世界。我有點沮喪地跟著上了國中的姊姊去參觀在國際學舍舉辦的書展，近乎痴狂地翻過一本本的書，看是否能碰中那千萬分之一的機會，翻到Y她們在背誦的文章。我沒有翻到她們唸的：「學而時習之，不亦樂乎？……」卻翻到了：

哈里路亞！我們活著。走路、咳嗽、辯論

厚著臉皮佔地球的一部分。

沒有甚麼現在正在死去，
今天的雲抄襲昨天的雲。

那種韻律，那種熟悉的字寫陌生句子的弔詭衝擊了我似乎正要從童年走向少年的靈魂，那是一片新的世界。然而與其他一片片分裂的世界不同的是，這片世界好像具有某種侵略的特性，急急地要攀爬區隔各片世界的圍牆，以至於在上上下下間迷失了方向……

原來各片世界的分裂存在是件被視為當然的事，然而因為詩，這錯綜的謎與禁忌組成的網絡卻變成了一座迷宮。我在對詩的懂與不懂，朗讀與背誦間逐漸地迷路了……我彷彿看見自己等在站牌下，凝望著鮮紅大字「香聞世界的上島咖啡」體會一種類近於詩的感受，等待著公車來把我載到國際學舍，尋找更多的詩，尋找迷路暈眩的成長情緒……

另一種真理的探求

❶

那天討論的是李維史陀的結構人類學以及野性思維模式。應該進入深秋的十一月卻反常地晴熱，我們毫不猶豫地離開暖氣依然嗤嗤作響的教室，散坐在博物館的門口階梯上。周圍的景觀既熟悉又陌生，建築物在陽光下繼續擺著與時間流動對峙的姿態，樹上的黃葉大部分都落下來掩住半禿的草地，然而人們捲起袖管漫步來往的模樣，卻應該是屬於棒球季結束前的季候心情。

於是有人提出詩的問題。什麼是詩？

可是我們討論的是李維史陀，在人類學的課上。

如果說李維史陀是個人類學家，爲什麼三個撰寫他的知識傳記的人：Edmund

Leach、Octavio Paz及Yvan Simonis，都強調他的作品的美學價值以及詩的特質？一定有什麼理由罷。我們不能說這些人不懂人類學，Leach在英國功能結構學派裡打滾一生，幾度掀風作浪。我們也不能說這些人不懂詩，別忘了去年諾貝爾文學獎才頒給Octavio Paz。我們不能不問詩到底是什麼？爲什麼說李維史陀的作品具有詩的特質？

因爲他的文采優美。記不記得在《憂鬱的熱帶》裡有一段他談到夕陽的變化。他說坐船旅行時，夕陽是最可貴的饗宴，沒有兩天的黃昏有一樣的顏色或一樣的變化過程。每次面對夕陽總在他心中誘引起文學的渴望，想要嘗試文字如何能追趕自然的無窮多樣，予以描述。然後他眞的就寫了一大段頌歎夕陽的美文……

因爲他的邏輯根本不是科學的，至少不是我們一般能接受的理性路子。他從繁亂的現象中用自己的方法抽離出所謂「結構」的模式，可是我們怎麼證明他的模式是對的呢？他有太多主觀的理論設定，可能在這個意義上比較接近詩人、文學家，他從一個特殊、精巧的角度觀察、描寫自然、人文事物，別人只能欣賞，卻無法和他辯論……

更基本、更重要的可能是他在作品裡建構了一種不同於我們日常生活認知的世界秩序。他一再強調他所要尋求的是文化底層的文法結構，像個語言學家一樣。當我們說：「愛情是最高形式的悲劇」，又說：「原子是最基本的物質構成」，我們覺得這是屬於兩個截然不同範疇的語句。然而語言學家卻可從第一、文法結構的類似；第二、語音衍生意義等方面建立這兩個句子間的「結構」關係。同樣的我們覺得完全無法比較的文化行爲，例如美國人的感恩節大餐與愛斯基摩人的無鹽烹調，在李維史陀看來卻有「結構」、「文化文法」的類似處存在……

詩的本質就是打亂原來靜穩、視爲自然的感官或語言世界，予以錯置、扭曲、重排來製造新的意義，不是嗎？在新的範疇的刺激、挖掘這一事上，李維史陀和華滋華斯是沒有兩樣的……

可是詩人的詩是唯一的。李維史陀卻宣稱他的人類學作品是關於普遍眞理的發現……

一首一首的詩也許是唯一的。然而詩人不也是認爲他們的詩裡藏有一種超越的眞理，不同形式的眞理，詩的眞理？……

❷

詩與人類學最大的誘惑似乎在：當周遭的現實秩序每天每天依循著既定軌道重複再重複，到了令人無聊生厭的時候，它們幫我們倏地打開一扇窗子，告訴我們世界其實不必然一定得這樣，在某些異質的個人或集體心靈裡，潛藏著另一種秩序湧動成形的可能。

要不然就是：周遭的現實一直無法完全統合成可以充分理解的秩序時，東一個西一個生活元素不時脫離掌握、失卻意義。於是我們幻想應該有一個包容力更大更廣的架構藏在某種神秘難解的智慧形式裡，等待被解碼釋放……

我十四歲那年開始認眞讀詩。國中二年級，我們班換來剛從師大畢業的導師。從髮型、臉孔到聲音都充滿稚氣的女生。頭髮顯然是新燙的，幅度青澀而且不穩多變。可能因爲還不是常常自覺地照鏡子修飾訓練的關係，笑起來嘴角會不平衡地歪翹一邊。更好玩的是說話時，濃濃的鼻音加上略嫌誇張的捲舌，聽起來硬就是小女孩扮家家酒的味道。尤其她教的是我們第一次接觸的物理化學，總覺得那種聲音配上一黑板稀奇古怪的公式，不太像是件認眞嚴肅得來的事。

不知是湊巧，還是學校教員男女比例眞的那麼懸殊，我們那一年的老師中除了數學、體育，其他清一色都是女的。夠分量的男性權威付諸闕如，似乎無可避免地，助長著一種想變壞、好惡作劇的誘惑。國文老師長得胖胖圓圓的，字體也是橫寬形的，斗大清晰造福後排同學。她生氣時最嚴重的威脅是：「你們再鬧我就去跟你們導師講！」歷史老師是個喜歡緬懷金陵古都的老太太，手中不時持著把黑木薰香的摺扇，她罵人的口頭禪是：「這一鍋粥中的老鼠屎！」可惜這種句子對我們太陌生、太遙遠了，再加上她的口音，我們被罵了一個學期，甚至學會如何模擬那個腔調起伏及頓挫強弱，卻始終沒弄懂這句話的意思。園藝課的老師最受我們歡迎，徹頭徹尾農家出身的模樣。講起蔬菜植物頭頭是道，而且不用課本上拗口的名詞，直截了當丟來家裡媽媽用的閩南語稱呼。更好的是不愛聽課的人除了睡覺外還有別的選擇，可以到中庭園的兩塊草地上拔雜草，至少學會分辨什麼是韓國草什麼不是。英文老師長得最秀美，不過打人也打得最兇。可是就缺乏男老師那種威嚇震懾的架式。她籐條揮得重時，裙襬波浪搖曳，緩和了肅殺氣氛。前排幾個英文特別差的甚至還合作無間，誰要被打了，鄰座的人就準備好鉛筆盒裡的小鏡子放在腳尖上，趁老師下來專心打人時，偷偷把鏡子推探到她裙底，然後在下課時大肆形容她內褲的顏色。被打的人分享了這私密的洩漏，彷彿也就得到了報復的滿足……

那惡戲的誘惑。在老師的權威與女性的弱者形象兩種衝突的社會意念交集中，我們試探地找尋原來整合秩序中的若干縫隙，作爲我們惡戲滿足的來源。清晨一早，我們用鐵絲挖開導師的辦公桌，偷看她男朋友寫來的情書。上課時，趁她轉身去寫黑板，幾個人聯合捏著鼻子作怪聲背誦信裡的第一個句子：「阿霞，妳眞笨啊，表面張力當然是接觸力……」導師的臉先是羞成葡萄酒紅，接著又氣成了煞白。我們沒有承認，所以全班每個人打五下。還沒打到眞正的「壞分子」，她自己傷心地趴在牆上哭了……

學校的基本建築圍成一個「日」字形。我們班佔住「日」字中間一横的右半，剛好控制角落的一樓樓梯口。開學後幾個禮拜，樓上的女生紛紛避免使用那個樓梯。只有六班的女生例外，她們每天不必繞路，直接下來打掃烹飪教室。主要原因是她們班和我們班同一個數學老師，很多人一起補習，所以有不少浪漫情愫在流傳著。她們會特別得到紳士的待遇，客客氣氣的笑容與招呼。不過這種紳士態度，跟惡戲一樣遠離學校官方規定的秩序模式。

沒有參加補習的關係，我不是眞的那麼瞭解誰喜歡誰、誰不喜歡誰。那些女生們我也都不認識。除了Y。我們小學時是最要好的同班同學。她也分在六班，也每天走下來去打掃烹飪教室。我也是紳士地跟她點點頭，然後驚異地看著她換穿了白衣藍裙的背影與才兩年前的連身小學制服模樣有了這麼大的差距。

有一個下午，我們幾個人蹺掉最後一節課到操場上踢足球，踢到一半，天下起暴雷雨我們也不管，讓自己盡情地沾滿泥濘似乎有更大的樂趣。回到教室時，人家都已經放學了，只有負責鎖門的P幫我們看管書包。走向校門的路上，P告訴我們放學前打掃時發生了一件事。天空打雷，六班的一個女孩在烹飪教室走廊上突然暈倒。她們同學手忙腳亂要抬她去保健室時，我們班上的K跑去混水摸魚偷看了那女孩的大腿和三角褲。

我覺得好像自己被雷打到一般。Y小時候就怕雷電，沒防備聽到巨響會一時失去知覺。六班的女孩，一定是Y。我在那一瞬間抓狂了，我帶領著幾個死黨跑到市場後面把K從家裡找出來，就在市場地下樓垃圾堆邊揍了他一頓。揍人總是得講明理由的。我告訴K，他破壞了我們班和六班間不惡戲、不欺負的不成文協定，「下次有誰敢再動六班的女生，我們都會讓他好看！」我這樣撂下話來。

不過顯然大家都覺得揍K的理由不只這樣。第二天消息傳開後，班上的人都用一種混雜著敬畏與好奇的眼光看我。那是我第一次體會到用暴力建立起的另一種不在課本、不在校規裡的權威。說老實話，我原來沒有打算要走那麼遠。從惡戲到暴力。說老實話，那天揍完K之後，我回家縮在房間的床角顫抖不止，我的世界惡意地在轉，轉得厲害了便脫線崩散開來，我害怕，不知道要如何理解暴力以及對Y的感情的眞相……

❸

覺得詩裡可能藏著些類似我對Y的莫名茫然與激動反應的矛盾統一。要不然爲什麼有人會拆散了現成的文字、句子規則，寫作像

而當暈眩者的晚禱詞扭曲著
橋牌上孿生國王的眼睛寂寥著
鎮靜劑也許比耶穌還好一點吧

這樣的東西？

Y事件之後，我仔細一字一句地讀《深淵》、《石室之死亡》。我開始在週記上「生活心得」欄用毛筆沾著惡臭的廉價墨汁抄寫讀來的詩。不知道是從那些抄來的詩中讀到一顆不安的心還是怎樣，導師有一天突然單獨找我去談話。她送我一疊她參加校園團契蒐集來的傳單。彩色精美的耶穌、十字架及信徒、聖者。我還滿認眞地讀了那些文字，最後結論是：詩畢竟還是要比耶穌好一點罷。

那時節，我已經每天參加足球隊的練習。導師有一次問我：「你怎麼會又讀詩又踢足球呢？有時候覺得你就是壞學生，可是又連詩這麼難的東西都有興趣去讀；有時候覺得你成績也還不壞，可是偏偏一天到晚跟那些愛打架的人胡混亂混，還踢足球踢得髒死了。這倒底是爲什麼呢？」

也許因爲我在這個秩序裡找不到關於惡戲、關於暴力、關於Y的眞理罷，所以終究這個秩序也不再有我的位置。

詩領著我迷路……

潮一般的感傷

❶

那一年星星跌落在後面的巷子裡
死去了光死去了色彩甚至死去了黑暗
留下的只有
兩對蝴蝶翅翼也承載不住
潮一般的感傷……

二十歲那年，其實已經不太寫那些青澀帶點無聊的詩了，然而坐在沙崙海灘空蕩蕩的頹斷碼頭遺跡上，不禁又想著這樣開頭的詩。應該是一首關於毀滅、關於焦焚、關於一場欲生欲死的三角戀情。矛盾虬鎖連亞歷山大的劍都無法切斷開來的葛典結（Gordian Knot）的詩。

李維史陀在還沒有成爲一個熟練的人類學家之前，覺得海上的夕陽比任何民族誌式的經驗更吸引人。他幻想著如果有一天，他能用文字捕捉到夕陽永無窮盡的變化，傳達給未曾在海上親歷的人瞭解，那人類學研究就應該不是什麼大問題，畢竟人類文化的歧異再怎麼龐大、複雜，都不會比海上的夕陽更難予以描寫、記錄。

年少的時候，我也幻想著要用詩捕捉每次站在海灘上時湧冒包圍過來的陌生情愫。一種特殊的低抑、困惑，與六〇年代現代詩的存在難局、非理排列的意象有著某種呼應、聯繫。像洛夫的《石室之死亡》。灰晦的顏色罩蓋過了所有出現在詩中的名詞、動詞、形容詞，以及句法結構和分行造成的音律折碎。灰色是生者渴慕死亡而爲自己塑建的形上整體（totality）的迷宮，謎一般地爆散成一行行的詩、一個個的方塊字，就像遠遠的浪昂巨、沉默的隆鼓，以無法察覺分析的方式迫擠成海灘上零落不齊的泡沫水紋。

我被這種巨域（macrocosm）與縮形（microcosm）的弔詭並存震懾了，總是想用稚幼愚騃的心靈去解讀這中間連續轉化或突然斷裂的機制。在百索不得的慌惶中，以爲可以透過詩的複製，找出若干隱藏的線索。

寂寞的索求。空蕩蕩的風中的詩想。我一直沒有學會游泳，並且深深對此感到羞慚。所以幾乎沒有到過夏天陽光烈日底下人潮與水潮同步湧動的海灘。我去的時候通常是早春或者深秋，可能透點陽光，也可能滿天罩著薄薄但還不至於到欲雨程度的雲。那種日子海邊特別的靜，遠遠海防部隊崗哨傳來狗吠及髒話叫罵，年少的我或者穿了鞋，或者赤著腳，沿著海浪沖刷的頂緣，緩緩走在自己建構的迷宮裡，找著另一個前哲學、神話時代的迷宮。

❷

即使是透過詩，海的感覺依然很難把握。每次聽著規律間隔，然而夾雜繁複副音的潮聲，總會或興奮或蕪涼地想起幾行似乎適合作爲開頭的句子，可是這種句子回到了都會的燈火下，往往就變形了，無法完成其間蘊涵的浪漫稠質，稀釋爲某種可悲亦可笑的陳腔濫調。

國二那年，對學校、老師、規矩、成績充滿了敵意。寫週記變成一件非常可笑的事。讀課本怎麼可能有什麼心得好寫，踢足球、打架、吃冰的生活也不像是可以記在直線格欄齊整的簿子上的。更何況還要用乾裂、分叉的小楷毛筆沾惡臭薄黑的墨汁在固定的行間掙扎。我開始在星期天睡前用二十分鐘時間胡亂抄寫。大事新聞當然是抄報紙，讀書心得抄公民與道德課本上的道學句子，至於生活心得一整頁就拿來抄詩。我還記得第一首抄的是余光中的〈火浴〉，一邊讀陳芳明寫的〈拭汗讀「火浴」〉，一邊把引用的句子抄進週記簿裡。那是一首長詩，抄了好幾個禮拜才抄完。

我也不告訴導師這些詩是哪裡來的。有時候詩抄完了簿子上還有些空行——導師規定空行不能超過五行——我就自己想一些句子附在詩尾補足行數。寫完後前後端詳詩人的詩和我的詩的並列效果，因此而獲得一些無聊的滿足。

下學期冬天剛剛過完，陰雨不再隨時威脅著，我獨自去了一趟沙崙海邊。回來後未加太多思索就把詩寫在週記上。前面幾行是關於波濤推擠嘈擾的形容，在海邊想好了的。接下來的幾行試圖建立波濤和其他更深、更大的意義間的連絡。然而在日光燈下海顯然逐漸在逃避、遠離我。寫到後來，海與一點點粗樸的哲學從指尖滑開，我發現自己跌回課本塑造的習慣裡，在詩的末尾把海潮比擬成爭先恐後要回到神州大陸的義勇之士，而我們就會跟著它們迅速光復失土罷。詩的最後好像還是以驚歎號結尾的。

說老實話，當時寫出這樣的詩倒也不覺得特別沮喪。海的感覺是捕捉不到了，但至少創造出了一個特別的意象聯結罷。是後面回想起才感到可怕，我們的制式教育這麼成功，即使是行為與感官上的叛逆，蹺課與詩，都沒有讓我擺脫掉一些根深柢固的標語式思考。

週記交出去第二天罷，上完物理課，導師突然把我叫去，只問了一句話：「週記上那首〈潮〉是你自己寫的嗎？」我沒料到會有這樣的問題，楞一下點了點頭，導師就提著長長的藤條離開了。

下個月，我的名字和〈潮〉出現在救國團辦的學生習作刊物《北市青年》上。第一次看到自己的作品印成鉛字。很難形容的感覺。剛開始當然在驚訝中含藏了濃濃的得意，然而這得意不久就一片片被像洋葱般剝開，釋出辣嗆人的味道。

原來導師一眼就看出什麼是抄的，什麼是我自己寫的。而且詩一被印成鉛字，和同樣是鉛字的詩人的詩一比，馬上就露出粗拙、膚淺的模樣，穿破了我自以為已經會寫詩的可笑自欺煙幕。然後導師把我叫到辦公室去，詳細說明來龍去脈。她和國文老師都覺得我喜好文學，所以不可能是眞正的壞學生。我是被那些「眞正的壞學生」帶壞的。你看你能寫這樣正經八百的詩啊，為什麼要去踢足球跟那些不唸書的人混在一起，搗蛋惹麻煩呢？她和國文老師決定把週記上那首詩抄去投給《北市青年》，結果果然被登出來了。你看《北市青年》都登你的詩了，我們學校裡第一個登的，證明你是個好孩子、好學生，順著這個方向去發展、學習，不要再跟那些「眞正的壞學生」在一起了好不好？

更糟的是，導師把阿刁、阿洪、梁廣、金龍幾個她心目中「眞正的壞學生」也叫去，把同樣的話講了一次。叫他們自己去混，不要和我一起。阿洪本來就不喜歡我，抓住機會從辦公室回來就大喊：「你好孩子不要沾到我們啦！我們被你帶好了，我們就不能混了！」阿刁和金龍分別拍拍我的肩，沒說什麼。我看到他們臉上的陰翳及以前沒有的距離。

從那之後到學期結束，我們還是一起踢足球，我還是當掃把腳和守門的金龍一起練習防守左邊或右邊來的角球，可是練完球後，他們只等金龍，不再耐心地等換裝動作比較慢的我。夏天來了，我卻從冰菓店裡逐步地撤退。

原來我不是「眞正的壞學生」。原來詩和反攻大陸是可以這樣證明人的身分。暑假時，我失去了一整批曾經那樣貼心地一起反叛著的友伴。

❸

海與詩共同的蒼茫不定，宕闊的壓力。

那幾年間，幾近病態地保持著到過海邊，回來一定寫詩的習慣。很多最扭曲、艱澀的句子都在這種儀式中產生，用最無明的方式追懷那些被詩斬截了的友誼。

一直到二十歲那年。星星和蝴蝶的那五行詩孤單單地留在筆記本上，沒有再接續完成。不是很清楚爲什麼。也許是因爲愛情的苦惱淹蓋過了對逝去友誼的褪色追懷。也許是因爲進入八〇年代，存在主義的灰晦被明快的韻律取代而過時了。也許是因爲突然醒覺到，大海其實沒有那麼神秘，形上的謎也沒有那麼重要，眞正算數的其實也不過是潮一般的感傷，用不著那麼多行的詩。

在有限的溫暖裡

❶

你知道的，我比較像樣、完整的詩，大概都是七〇年代最後幾年內寫的，是的，十幾歲的少年時代，熱中地變換各種筆名將詩投寄到出了又停、停了又出的詩刊上發表。什麼時候停止寫詩的?美麗島軍法大審那年。不是徹底的停止，句子還是一行一行潦草地抄錄在本子裡，然而卻徹底失去了發表、整理成篇章的動機。有一些別的事情干擾著我的浪漫詩人夢幻。我的詩，別人的詩都少了些什麼，一些我愈來愈覺得不應該缺少，偏偏卻無從予以掌握的東西。

眞的和「美麗島」有關係，眞的就是那麼具政治性。我原來也不知道。原來也不覺得文學，尤其是詩，應該受到現實、尤其是政治的牽動。文學存在的重要意義就是提供我們超越現實、追索永恆的精神出路，不都是這麼說的嗎？然而事實眞的就是如此，從報端仔仔細細一字一句讀完軍法大審的紀錄，發現自己的心跳不再搭得上詩的沉緩抒情韻律了。在沒有找著造成不和諧頻率的因子前，不曾再寫成任何一首詩。

我自己也不相信會和軍法大審有怎樣的連結。只是困惑著。大學前兩年，還是積極地找詩來讀，然而怎麼看都不順眼，裡面沒有我要的東西。一直到一九八四年年初，在報紙副刊上讀到〈有人問我公理和正義的問題〉。你知道楊牧的這首詩嗎？一開頭是：

有人問我公理和正義的問題
寫在一封縝密工整的信上，從
外縣市一小鎭寄出……

結尾則是：

他單薄的胸膛鼓脹如風爐
一顆心在高溫裡熔化

透明，流動，虛無

我背誦過整首詩，一百二十多行，總共，現在只還記得部分。不過第一次讀這首詩的感覺完完整整記得。讀到每一段開頭的「有人問我公理和正義的問題」，身體底層便倏地掀捲起一陣莫名的風暴。匆匆讀完全詩，急急地回頭重讀。第二次讀到：

太陽從芭蕉樹後注入草地
在枯枝上閃著光。這些不會是
虛假的，在有限的溫暖裡
堅持一團龐大的寒氣

我突如其來地鼻酸落淚……

你可能不覺得這樣的詩句有什麼特別，我剛開始也被自己的激動反應嚇了一跳，然後我努力地追索心底的複雜網路交結運作，赫然瞭解到眞正讓我哭的不是詩句本身，而是隱晦意象勾出一整段一整段施明德在法庭上的辯辭……

該怎麼說呢？我在那一刻看穿了詩與詩人的荒蕪本質。詩裡沒有人問公理與正義的問題，詩人無法回答最簡單的公理與正義存不存在的懷疑。在紛紜的人間映畫中，詩與詩人能擁有的意義這麼狹窄。你懂我的意思嗎？和周圍正在發生的種種相比，詩這樣的東西必須要靠詩人近乎自戀的專心凝視，才不至於被稀釋、混淆得無法辨認。在左左右右狂飈的風中，詩所能提供的溫暖眞的很有限，這當然不是虛假的，可是即使在這麼有限的溫暖裡，也還是被龐大的寒意堅持地滲透著……

少年時代作爲一個詩人的幻假意識竟是荒謬的。詩，寫詩，讀詩，其實是被生活裡更多非詩的現實切割成不連續的飄浮片斷……

❷

你還記得二十年前的台北嗎？一九七七年。那時台北還沒有變得像現在這樣面貌統一。隱隱約約有幾條線劃分著不同風格的區域。我長大的地方在晴光市場附近，那是兩個區域的分界點。沿著中山北路向北是以美軍顧問團爲中心的圓山。沿著林森北路向南卻是日據時代殘存的老市街。幾條通幾條通那裡。我家的店開設的地方是一片低矮的違章建築，還留著「麵線庭」的舊名，然而卻不時可以看到外國人和吧女挽手穿梭進出。

我以爲我瞭解台北的。我可以從錦州街熟練地鑽過最窄最陰溼的巷子走到排滿青草店的雙連而不會迷路。我也可以自在地走過天母洋房夾立的平整柏油路而不至於露出嘴巴開張、目珠亂轉的糗像。

一九七七年的經驗，卻打破了我的這種自信。那年我的詩被拿去發表在救國團辦的學生刊物上。過了一陣子寄來了稿費通知單，薄白的一張小紙上官樣地規定著：攜帶身分證、圖章於某個星期六下午，親自到敦化北路一三三號領取新台幣六十元整。

那可能是我第一次直接接觸到官式公文。看見「此致」後面寫著我的名字，名字邊還塑立著一列中規中矩的中華民國幾年幾月幾日，我覺得頸項不由自主地挺硬僵直，界於恐懼和敬畏之間的腎上腺素分泌現象。

爸查好了地圖，安排清楚公車路線，要大姊帶我去領稿費。我還記得我們在中泰賓館下車。敦化北路的寬幅展現在眼前。七十米的林蔭大道。路上車輛來往相當頻密，然而兩旁除了中泰及對面的台塑大樓之外，都是空蕩蕩的，任由風四處襲吹。我們決定朝左邊走走看，經過一個沒有掛門牌號碼的眷村，再往前走，赫然出現了松山機場。安全島上木牌粉漆寫著「Welcome to Taipei」。

如此陌生。大姊說大概是走錯方向了罷，應該掉返頭找。走離機場沒幾步，突然在慢車道上開來了一輛憲兵車，車窗裡一個人探出頭來對我們猛吹哨子。我們停下來，那人又大吼叫我們不要再走。我看到大姊的臉色轉白，我自己則忍不住打了幾個寒噤。長長的人行道上竟然看不見其他的行人。不久連那輛憲兵車也消失了。

只有我們。定定地站了茫然恐懼的三分鐘左右罷，從機場的方面駛來了一隊豪華的黑頭車。我從來沒看過這麼多黑頭車。還有威風凜凜的摩托車陣開路。每一輛車前面都插著兩面青天白日滿地紅。在不預期的壯觀中，我覺得兩腳發軟，連忙行了一個漫無對象的童軍禮才勉強穩住自己彷彿隨時要散開來了的軀體……

我認識日據式的台北，也認識美軍洋式的台北，然而這是我第一次見識體會到中華民國的台北。政治的威權核心被黑頭車載著呼嘯過我眼前，宣告著不容懷疑的中華民國的台北。

……

那天下午，我們沒有找到敦化北路一三三號。我們一直走到南京東路口。那裡有一塊地方寫著「台北學苑」，沒有門牌。大姊說領稿費的所在可能就在裡面。我們本來要進去問的，然而就在入口處，我看到學苑裡每一棟建築物前都插著國旗、黨旗，還有一枝綠色有青天白日徽的旗（後來才知道是救國團團旗），莫名的恐懼與拒斥淹沒了我。我不想進去，不確知到底爲什麼，我就是在低鬱的心情裡堅持敦化北路一三三號不會在台北學苑裡，飛著那麼多青天白日的陌生台北……

揣著口袋裡的身分證、圖章回家，大姊被罵了一頓。不但六十元沒有領回來，反而白白地花了四塊錢的車費。我推說不舒服躺在床上躲過了責斥，然而躺了一陣子，體內卻眞的異常動盪起來，一些旗子詫異地在我腦中不斷地翻絞，作出種種威嚇的姿態……

❸

我當時怎麼也想不到，七七年的年底，我們家搬離了中山區，搬到哪裡你知道嗎？搬到民生東路，距敦化北路口不到兩百公尺的地方。新家那一站叫作「公教住宅」，公務員和教職員是我們鄰居最主要的組成成分。這是中華民國的台北。

我開始通車上下學。我放學等車的地方剛好在Y回家的路上，她每次走過時會偷偷乜斜一個笑眼過來。然後是高中聯考，然後是大盤帽、黑皮鞋……

詩差不多都是民生東路時代的產物。以前想起詩，總是想起Y，你知道那種延宕不定的感覺如此類似。Y不是我眞正會喜歡的那種女孩，少數幾個認識Y的朋友都這麼說。不過她是個精采的女孩，像什麼呢？像王祖賢演的聶小倩，虛虛實實、實實虛虛。事實上也有很多人表示不能相信我寫過詩，「詩似乎不怎麼像是你會喜歡的文類」，一個朋友這樣說。不過詩也是種精采的文類，在明明寒冷的氣氛裡紮起一點虛構、有限的溫暖。

自從我開始關心公理和正義的問題甚於關心美學與音韻之後，我才慢慢理解到，其實詩和Y也都是被包裹在政治、時代的交錯織網裡。我翻出一九七八年年底瘋狂多產的詩，想起了民主牆、中美斷交，想起了Y當時自以爲嚴肅地憂煩著的眉顏，是這些、弔詭地刺激了我最瑰麗的浪漫想像……

關於這些，下次再說給你聽罷……

夜雨

❶

走下民生東路時，夜雨完全貼溼了他裸露在短袖外的手臂。氣溫在凌晨兩點依然不肯降下來。潤澤的水意並不流動，堅持地淹滿每一顆毛細管。是了，這種特別的台北的感覺。瀰瀰蓋蓋無處逃躲的黏黏滯滯。

天上一朵朵厚沉雲塊彼此糾扭頡頏的輪廓，被地面的光照得清清楚楚。台北的天空，是我年輕的笑容。有一句歌詞這樣唱的，對不對？王芷蕾的歌聲竟也變作年少時代的回憶了。

❷

離開台北四年，一千多個日子融逝後才回來。將近午夜時分通關出來，家人親友一陣重逢嘈亂。太太被接回娘家，他則直接從機場走廊被推進姐夫的車裡，載回單身時期的房間。

他早知道會面對注定無眠的黑黝黝。躺在床上，廿幾小時飛機引擎的轟隆隆怎樣也不肯散走。彷彿這場青天上的旅程還未走到頭。明明回到自己的房間，年少時收集的詩集上堆著一層樸味滿滿的歲月塵灰，然而他腳底卻還浮沉著，也不知不穩的是氣流抑或蠢蠢欲動的回憶。茫茫浮沉，空間與時間上的倏然變動。

躺了一會兒，他突然想看看台北的天空。早聽說因爲光障因爲汙染因爲夜生活拖拖拉拉過了子夜過了凌晨總也不肯結束，所以再也看不見星星了。倒是月亮常常帶著濛濛起霧般的暈環，像攝影棚裡拍羅曼蒂克情節時加了濾鏡照出來的。你知道，那種成名演員假扮少男少女，掙扎揣摩初戀童稚的戲。該有多不自然就有多不自然。

還好他就只要看看天空，有沒有星星月亮倒是無所謂。主要想確定一下不會看到一隻載著自己的大鐵鳥還在煙霧裡拚命趕路。在美國時，以前是詩人後來變成異議分子的前輩告訴他，十幾年不能回家的感覺。老是夢見家鄉市鎮著名的蓮池塘。戴著大盤帽背書包的自己正要去上學，天在東方及水中倒影上亮燦燦地浮著一片紅黃相間。一會兒飛機呼呼地低低飛過。窗口露著一張苦晦的臉。仔細一看不正是刮鬍子時在浴室鏡中看到的自己嗎？中年以後變得焦黃的皮膚。陷塌鬆吊的眼袋。唇角割破了冒出細芒血珠。站在蓮池塘旁的這個拚命向飛機上的那個自己招手。到家了還不下來！到家了還不下來！飛機卻不停。逐漸消失了蓮池塘和家和大盤帽、書包。飛機繼續飛了一世紀那麼長罷，終於降落了。迫不及待地趕出機場大樓，一抬頭卻看見又是一架飛機掠過塔台。靠機尾抽菸區窗口上還是那張苦晦的臉。

他明明回家了還是想去看看天空。

❸

走出來才發現外面下著細毛毛的夜雨。靜靜地落著沒有發出一點聲音。也許是有，只是鬥不贏依然喧囂斜竄的各類摩托汽缸。

他突然想起小時在中山區住過的矮瓦房，四個小孩擠在同一個房間的艱難時期。他自己選擇要睡上舖的，坐起來手一伸就抵著天花板。再細的雨落在瓦片上都會吵鬧一番。嗤嗤。咕咕。瀝瀝剝剝。水積了流經瓦隙洩向槽溝的聲響，聽起來像身處內雙溪摸蛤仔的流彎地帶。嘩亂的落差中自然交響出不穩定卻和諧的韻律。夜雨的日子他總是睡不著。想尿尿又懶得下床。想到明天上學要穿膠臭的雨衣就深深沮喪。

有一晚水聲的暗示太強烈了，他只好下來上廁所。要爬回上鋪時一腳在木梯上踩空，仰跌下來後腦砸在旁邊櫥櫃的硬角上。他哭喊了一聲就不省人事了。

到現在留著一塊不長頭髮的疤。國中時理光頭，很多同學都喜歡來摸摸他的疤。新新的皮膚粉嫩平滑，和頭皮其他部分的粗礪點黑形成強烈對比。人家問起時，他就眉飛色舞地講解跌倒的過程，尤其強調昏過去的部分。你知道那時候電視影集裡動不動就有好人壞人被在頸上一砍，偌大的個頭崩然癱倒的情節。可是現實裡誰也不知道被敲昏到底是什麼感覺。只有他親身經歷過。

不過他沒讓同學們知道，小小的得意裡藏著冷冷的恐懼。跌倒之後他搬到下舖睡。瓦上的雨聲變得遙遠了。聽不貞確一滴滴針落的節奏，通常只有或大或小的「唧」音，他最怕被這種雨聲吵醒。乍然從夢或無夢中穿回現實的瞬間，搞不清楚聲音究竟來自何方，鬱鬱悶悶隔了大片空氣的微震，可能是雨，卻也像是腦後的疤痕裂開，血正兀自流過枕頭……姊姊形容過，他昏倒時血怎麼也止不住地流了一地板，她還以為失去了唯一的弟弟。

4

水泥平頂的房子就聽不到那種雨聲。他記起來是一九七七年年底搬離還多瓦多日式木屋的中山區，來到純然磁磚貼壁洋式公寓的民生社區。

空軍營區高得離譜的土灰圍牆，在雨中肅穆地擺著威嚇的姿態。再過去就是從七七年住到八一年的公教住宅。他搖搖頭，抖掉眉毛上積累的水珠，同時想抖掉一些尷尬的年少記憶。然而有些影像有些聲音卻不放過。隨著雨愈來愈急地從頭皮滲進腦裡。那些愛戀和詩的挫折。

七八年夏天考上高中。小學同學Y找他一起去看西班牙畫展。米羅。畢卡索。還有畫布被割得殘破從不知名處汕淌出血紅顏料來的作品。後來順便繞到省立博物館看一些充滿宗教意象的虛玄畫。反正都是看不懂，西班牙的、中國的。天黑時微微落了雨珠，Y卻反而興致高昂起來不停地說了好多話，說她哥哥、說她弟弟、說聯考和景美女中的黃襯衫。他靜靜地聽著。又不懂了，不懂自己心裡在蠢動些什麼。

Y是在哥哥弟弟間打滾長大的，從小就不忌諱跟男生玩。一點點英豪氣味加古靈精怪。國三的時候他就聽說誰誰是Y的男朋友。青少年模仿成人世界的感情關係很複雜。S是傳言中Y的男朋友。F和S是最要好的夥伴。F又是他的好朋友，每天一起等車回家，等煩了的時候常常索性就花四十分鐘肩併肩走路。他和F等車的地方正在Y回家的路上。Y也不怕耳目，總會過來跟F閒聊兩句，談談S、談談三個人週末一起去釃茶的計畫。他早就敏感知覺到F也喜歡Y。他心裡蒸氳著一股焦麻，原來以為是因F而發的。用成人世界的話說就是「愛上兄弟的女人」，那種難解複雜情結。

他以為就是這樣。直到Y約他去看畫展。細雨的黃路燈下，Y停住腳步講了又講，彷彿下一步就會轉身回家，卻拖了一分鐘接一分鐘。他心底的焦麻隨之無窮地擴大，可是F，還有S，卻被刻意地壓抑在記憶搆不著的角落裡……

那樣一個雨夜。

秋天後每日放學都走重慶南路，一家家書店混過去，到火車站才搭上公車。攢積了一些零用錢時，就拐進武昌街跟枯瘦濃禪的周夢蝶買兩本薄得可憐的詩集。回家把詩集讀完，選幾行句子默寫記在本子上，都還沒到上床時間。有一天他信步走到窗口，打開朝向後巷的窗子，猛然地一股雨味從毫無風景的狹窄空間衝溢進來，潮寒與沁涼的弔詭結合毫不客氣地鑽進肺裡，不知怎樣轉化為熟悉的焦麻情愫，他急急地坐回桌前，提起筆來潦草地寫了：

黑色的誘惑化我的瘖瘂爲焚燒的叢林
隔著火光，陰影不羞恥地繼續聚攏
誰的淚中噙著誰的顫慄？
妳在永恆中殺進殺出，而我
追索著廢墟的焦菸、焚燒後的我的瘖瘂
……

圍繞著與雨味恰恰相反的火菸意象整整寫了六段三十行。後來變成他發表在詩刊上的第一首詩。

捧讀登著自己的詩的印刷物，他驀地明瞭了復又迷惑了。明瞭了那焦痲原來就是詩的感覺（不是對Y的戀意呵！）詩的完成同時征服了不安的燃燒。然而卻迷惑於：究竟有誰能自詩的字裡行間眞正捕捉當時折磨著他的焦痲不安？讀詩能理解什麼？字、意象、聲調昂抑以外，還有詩人背後掙扎的心麼？

5

那陣子民歌正流行著。Y在電話裡提到她們班上同學有人在學寫歌詞，滿有趣的，她也很想試試，可是沒有曲調怎麼也找不到靈感。

他花了兩整天和破吉他奮鬥，譜了一支曲子給她。他們約在小學校園裡見面，黃昏將暗猶亮的時分。小學裡已經闃無人影了。日本時代建築的樓房，每間教室前面有一道小斜坡，坡兩旁斜鋪著高起的堤道。他們回憶著小學下課時在堤道上排隊玩猜拳。Y以前是猜拳皇后，秘訣是記得第一拳要出石頭。太多人習慣出剪刀。

他們併肩坐在堤道上湊著黑了大半的天光看他寫的簡譜。Y的音感其實不是很準，每次碰到半音階就像跌一跤，往後好幾個音都搖搖晃晃找不到定位。不過節拍倒是抓得死緊。

第一次有女孩子拿肩跟小半邊的背貼住他。腦裡轟轟的血液冒動逼得顏面皮膚紅漲欲裂。而Y口裡的音樂總也哼不到頭。他突然站起身來，很拙劣地伸了個懶腰，誇張、扭曲的那種。

Y家就住在小學後面。他陪Y走到路口，才把書包裡的《蓮的聯想》和詩刊送交給她。沒有告訴她詩刊裡有他自己寫的詩。

後來Y沒有把歌詞寫出來。倒是寫了一封信，說：「你送我書的樣子，讓我想起里民大會時送毛巾、香皂的區公所職員，嘻！」

眞的不明白怎麼會從歌、詩跳到里民大會的毛巾、香皂。他想了一夜沒有想懂，尤其是句子結尾的「嘻」字蹦跳的模樣令他沮喪。淸晨，他寫了這樣的句子：

謀殺了星子謀殺了夜
謀殺了湖水漣漪中央升起的纖柔情愫
兇器被棄置在冷冷的火中，蝴蝶的斷翅間
偵探們只能索聽一首從未完成的歌曲
怵然失落……

這次他決定不再投到詩刊上去。後來所有與Y有關的詩都藏在最下層的抽屜背後。他知道那些印作鉛字的都不是眞正描摹不可描摹情狀的好詩。

6

在時大時小的雨勢裡，他已經快走到敦化北路口了，高中時代住家一帶。

高一那年入冬後一直在下雨，所以年底最後三週放晴的陽光格外容易記得。那年選舉。民主牆。他本來就有在重慶南路書攤上隨便翻翻雜誌的習慣，也因此幾乎看盡了各家老闆的白眼。然而有一次反常地一個老闆卻將《八十年代》塞到他面前。「翻翻看，新的雜誌，很不錯的。」他已經不記得裡面確切的內容了，不過忘不了老闆近乎發亮的鼓勵眼光。他因此而羞慚了，決定犧牲買詩集的錢，卻被老闆阻止了，「學生不要花錢買這種東西，來翻翻看看就好。這種東西不方便帶在書包裡，知不知道？」

他不知道。事實上擔著人家的好意，反而什麼都讀不進去。也因此沒察覺到內容和平常報紙的第二版有多大的出入。反正都是民主、憲法、政治法律一派的字眼穿插出現。倒是後來民主牆鬧得聲名大噪，他們幾個同學蹺掉工藝課無所事事，便決定到台大附近去看看鋒頭。那次經驗給了他小小的震撼。

他們下車進地下道，一從新生南路上來，就看到一片白糊。本來貼滿文字文章的民主牆上只剩下「爲民主舉哀」五個墨液淋漓的龍飛鳳舞，肅殺沉悼的濃重氣氛。相較之下，旁邊的愛國牆顯得雜亂、小氣。他擠在人堆裡頭讀愛國牆上的文章，確確實實就是報紙社論的翻版。忍不住頻頻回頭探望旁邊抗議著的大幅靜白。不對勁的感覺開始升起。一定有些什麼問題，這愛國牆。一輛擴音機響得吧亮的宣傳車開過，斬斷了他的思緒。

第二天是個晴朗得不像眞的星期六。熱得他卡其制服都要穿不住了。放學一到家坐下來，電視上反覆閃著恐慌騷動。一會兒，我們的元首親自對著攝影機宣佈壞消息。美國決定自一九七九年元月一日起與中共建立正常外交關係。他驚愕地看了看兀自忙著午餐的母親，不知該有什麼反應。

站在十多年後的夜雨裡，他凝視著站牌依然排隊樹立的位置。那天放學後，Y從景美轉了兩班車來找他。黃衣黑裙的身影在陽光下從站牌那邊慢慢地晃過來，輪廓被照得模糊氤氳，彷彿要融進背景裡依舊繁忙如昔的商店街市。

他以爲Y是因爲那消息來的。聽了一陣子才明白直接從學校過來的Y還沒有機會知道。而是早晨朝會時校長力竭聲嘶痛罵野心分子至於涕淚泣零的場面，令她沮喪。Y上個月去參觀調查局才剛立志將來要作個調查員，爲國服務。Y問他我們中國該如何如何。他忍不住告訴Y，美國及另一個中國的事。

民生社區多的是種幾叢灌木、擺幾張椅子的小公園。他們坐在其中的一張椅子上，Y把頭埋在他肩上哭。他不記得看過Y這樣傷心地哭，即使小時候和男生打架、膝蓋跌破皮都不哭的那種女孩。他靜靜地等她哭完，那股焦廝比任何時刻都強烈地整個癱瘓了他的神經系統。

Y哭停了之後，他才勉強地講出安慰的話：「沒有關係啦。我們還是會好好的。」Y擦了擦臉告訴他：本來S和F要找她去打球的，被她拒絕了。因爲這種大事、大時代的感覺，她想只有他能理解。S和F，他們對這些沒有概念。

不過共同感覺過了大時代，Y還是滿想去打球的。於是他回去拿了個籃球，兩人在附近社區球場上嘻笑跑跳了一下午。沒有再提起中國、美國，也沒有S和F。

即使經歷了十多年的人生風浪後，他還是覺得那是一生最快樂的一個陽光午後。原來的焦廝化作一隻熨斗，燙平了心上的種種皺褶。

可是第二天下午，他要出門散步時，卻在信箱裡發現一封Y的限時信。信一開頭就說：「我決定應該有一段時間不要找你。也許一小時、也許一天、也許一個月、也許一年、也許一輩子。我覺得你是要爲國家做很多事的人，我怕會妨礙你，要不然就被你看不起。今天下午我們不應該那樣愉快地貪玩，在國家危急存亡的關鍵時刻。我覺得很羞恥……」

拎著信走到機場。讀了一遍又一遍。曠敞的停車場颳著強風，噴水池的水被吹得珠粒飛濺。他想起讀過的小說，《藍與黑》、《未央歌》什麼的，焦痲燒得他心痛。原來模仿一個大時代要付這樣的代價。

就在Y來信的背面，他抑制不住自己的衝動寫了一首字跡密痲、潦草的長詩：

Dear You, Dear You, Dear You
妳的名字是禁忌是流傳於神話荒野的黃銅的鼓聲
要呼喊時便有千隻萬隻尖喙無情的
烏鴉紛紛從最濃最密的雨雲中解散
穿刺挑勾搗鑿喉結深處原初無名的
傷口，埋葬痛楚的所在
Dear You, Dear You, Dear You
難道妳沒看見白幡的飛舞

影子取代了阿波羅的挪移標示
灰色時代不斷的來臨
在我們的時代，Dear You, Dear You
災難與恐懼與不斷地張口呼喚
不過是要讓妳能夠看見，我的血
那淋淋的淌流，妳同情嗎？
……

寫完詩後，他累得甚至沒有辦法走回家，坐在民航局旁停機車的亭子裡，選擇了一支柱子作背靠，緊緊揣著信、詩和這一生遭遇過的最大的謎，守候到天黑。一架架飛機閃著紅藍白各色燈號起飛離開了，他卻等待著入夜後輕落的雨，替他遮去機場大廈龐然的存在。

台北的天空，雨以及過去的懵懂靜靜地混合著……

氣味

二十幾歲的時候，很自然地認爲記憶主要是視覺的事。看到了什麼，像拍照或錄影般原件原樣存留下來，事過境遷，需要時再把略略打了折扣的影像搬出來映放一番。慢慢一點一點才明瞭嗅覺與聽覺的意義。記憶的影像愈累積愈多，變得像座龐大的倉庫。總有一部分地方是習慣性去提存的中央地帶，另外有些其他角落，無可避免開始落塵堆灰。中央地帶永遠只有那個大，角落卻持續擴張，到後來根本不再弄得淸楚倉庫眞正的界限到底在哪裡。

記得但卻從來不曾去喚起的記憶，應該算記憶還是遺忘呢？沒有去喚起的記憶，又如何能確定究竟是記得還是忘卻了？通往那些不常啓用，如迷宮般，既陰潮又森寒的角落，你不可能再依賴視覺。這時候唯有氣味與聲音是不期然的引路手電筒。

春末夏初氣溫第一次狠狠地飆高到三十度以上，剛入夜車行經過大直橋，儘管已經截彎取直依然不脫汙滯本色的基隆河味道撲鼻而來，因爲隔閡了一整個冬季而格外凸顯明確的淤泥濃臭，經過了冷氣濾網的篩節，還是彷彿咕碌碌緩緩冒著氣泡般，滲進車裡來。

我急急地搖下車窗，自虐地刻意加強鼻腔內所受到的強烈刺激。氣味引領我走向一條我以爲已經消失封閉了的隙縫，我眼前看到的不再是大直街上紛紛亮起的路燈車燈招牌燈，而是人聲漸消闃靜的植物園，藝術館門口的水銀燈邊有一塊光線全然照射不到的死角，可以容納三、四個人藏身，死角旁邊是通往園內唯一的一條水泥小路，路的另一邊則是小荷花池。

我們四個人擠得緊緊的。手心不停出汗，卻抑制不住不知是因太興奮還是太害怕，而從腹部深處一波波湧冒出來的笑意。誰都沒有笑出聲來，可是透過肌肉微微的顫動，我們像傳染瘟疫般傳染著笑意。

關鍵時刻終於到來，一個魁梧的身影不徐不疾地經過我們身邊，我根本不敢看P和C他們怎麼動作，只是專注瞪視著那片移動中的背，P和C開始散竄逃奔時，我和H就衝上去猛力把已經被套上大麻布袋的身軀推向荷花池去。嘩啦啦簡直如雪崩般的聲音響起，我們頭也不回，依照原本約定，跑進旋轉門內後，各自找不同的路鑽進植物園的園林深處，今晚絕對不再碰面。

跑開前的那刹那，氣味揚起。荷花池池底淤泥的氣味。一位教官被推落荷花池，翻動了長年淤泥所產生的氣味。我明明白白聞到那氣味，而且明明白白感覺到那氣味從我背後襲來。偏偏我被分配到的路線必須沿著歷史博物館的牆，然後繞著大荷花池再去接植有南洋杉的博愛路出口。所以我一直聞到荷花池的氣味。氣味濃得讓我懷疑是沾了一身淤泥的教官爬出池子來追在我身後，我卻只能瞠目驚駭著，完全不敢回頭確認。把國中時代練田徑練得的速度充分發揮出來，一直衝到博愛路重慶南路口，那裡有一家牛肉麵館，撲鼻的蒜香辣豆瓣醬香哄地衝來，彷彿在我身後構成一道對抗淤泥氣味追趕的防護阻隔，我才敢停下腳步猛然回頭——什麼都沒有，只看見植物園內南洋杉炫麗的金黃樹幹竟然輝映著應該是滿月的月光，金銀色澤既聯合又鬥爭地統一成一幅令人難以忘懷的超現實景致。

當時覺得難以忘懷，後來畢竟還是忘了。忘得很徹底。十幾年來多少次重訪植物園，都沒想起過這件事，一直到基隆河裡同樣是淤泥的氣味才把這一幕帶回來。

視覺是不可靠的，因爲視覺是道德的。年少惡戲把教官推落荷花池，當然不是什麼光榮的事蹟。成長的過程中，視覺會很自然地依照後來反省附加的是非道德觀念，把這些自動藏起來。嗅覺卻不管你什麼道德不道德，它什麼都留著，它什麼都記得，在最不可思議的時刻把一整串一整套的來龍去脈狠狠地沿著鼻管神經向大腦裡深挖苦掘。

記起來高中一年級的日子。永遠嫌學校裡上課下課的規律太無聊，永遠想望著成人世界裡在規律之外的種種戲劇性，也因此永遠在等待機會，如飛蛾撲火般撲向任何一點點騷動不安的情緒裡。

我們是全世界最好管閒事的人。管別人的事總是解釋成「義氣」。把武俠小說電視連續劇裡那些濫俗的正義感把胸膺塡塞得滿滿的，爲朋友兩肋插刀在所不惜，爲朋友而不是爲了自己去搗蛋去向權威挑戰，格外熱心格外有成就感。

不過其實好管閒事背後，有更深沉的悲哀與寂寞。之所以要管別人的事，是因爲自己的生活太單調，翻不出一點名堂來，只好拿別人生命中難得的起起伏伏來作自己的情緒寄託。

C認識了一位北一女的女孩，兩個人每天早上搭同一班車上學，後來就相約放學在總統府後門見面，再一起搭同一班車回家。我們學校放學時間比北一女整整早了半小時，大家可以從容的陪C散步走到長沙街口，看到女孩遠遠過來，我們識相地拍拍C的肩膀走開，女孩還會大方地跟我們擺擺手表示再見。

偏偏有一天，官拜陸戰隊中校的教官下課後趕到國防部去洽公，在路上就看見C和綠衣女子併肩漫步的形影。據C形容，教官像瘋狗般衝上來，惡狠狠地吩咐C第二天早晨朝會前到教官室報到，同時更沒風度的是竟然大剌剌地作樣抄寫綠衣女孩的學號，手一直往人家的胸前揮擺，還痛斥人家「敗壞校風」、「還沒長大就急著嫁人」，弄得女孩掩面哭泣、不知所措。

當天晚上，我們幾個死黨透過電話都聽說了這件令我們「憤慨髮指」的意外。決定第二天要比教官吩咐的更早到學校。我們一年級的教室在全校最老舊最荒僻的一棟樓，樓房前面還留著不知什麼年代蓋的腳踏車棚，結結實實灰黑水泥建成的平頂棚子，懷念著那個台北還充滿稻田，大家慢條斯理騎腳踏車上學的過去時光。

我們沒有心情緬懷逝去了的台北。車棚成了我們報復的工具。P和W在H和我的協助下，爬到車棚頂上，用鮮黃亮麗的粉筆寫下了「離譜，太離譜了！」六個驚人大字。

天光大亮。實際的效果是每個爬上二樓三樓的學生，只要從陽台一探頭，就一定會看見那六個大字，而且一定忍俊不住哈哈大笑。因爲整棟樓的人都知道那位教官姓李，單名一個普字。事實上到後來，連教室在一樓的學生都聞風跑上樓來瞻觀我們的惡戲，樓梯不斷有人上上下下奔走相告，而且陽台上一直到朝會前持續聚攏著比平常多上一倍的人群。

我們躲在廁所邊的角落，暗自觀察同學們的反應，同時，坦白說，暗爽暗樂。最讓我們欣慰的是，連班上那些平日中規中矩，總是按照教官指令乖乖動作的好學生們，竟然也參與在我們所製造出的歡樂狂亂氣氛裡，一場小小踰距的嘉年華，對權威小小的戲謔反叛。

這麼小的事可以讓這麼多人快樂，可見教官有多麼不討人喜歡。不過回頭想，倒也正反映了那個時代龐大的禁制與無奈。

我們沒有機會親眼目睹教官的表情，因爲他那天上的第一堂軍訓課是別班的。不過我們還是輾轉聽來他的不自然。上課當中不斷地朝門外瞄，甚至身體一直向門口偏移，似乎是不能相信自己進門前看到的景象，急著想要再看一下證實清楚。

然後，然後C就被記了一個小過。而且是用「在校外行爲不檢」的名義重重懲罰的。而且C還被叫去教官室罰站，陪教官加班趕寫業務報告到快八點鐘才能回家。

教官顯然認定了C就是惡作劇的禍頭子，沒有經過任何詢問調查。被罰站那天，C跟隨著教官走出校門，發現他有穿過植物園到和平東路上等公車的習慣。

所以會有那陣荷花池裡揚起的淤泥熏臭。荷花池事後第二天，教官照常來上班，唯一的差別是額角上多貼了一塊OK繃。另外有一項差別是只有我們感受得到的。教官突然變得對C非常溫和客氣。他顯然認定了荷花池事件也是C帶頭搞的，同樣沒有經過任何詢問調查。這次他對了。

對於教官的改變，我們都嚇了一跳。沒想到即使是大人，即使是我們心目中最威武最具「男人氣概」的軍人，都那麼容易被驚嚇被恐嚇。暗夜裡莫名突襲的暴力，原來在大人社會裡這麼有效。

後來我們沒有再提起，沒有再討論這件事。不知道爲什麼，大家很有默契地迴避想起藝術館邊的那個角落。日復一日，我們照樣走過植物園，在藝術館轉彎時，大家不是格外沉默就是格外聒噪多嘴吵鬧。直到遺忘。

十幾年後，嗅覺帶我穿越遺忘的迷宮。我才恍恍惚惚地明瞭了當時的感覺。雖然報復成功，可是卻失落了原本對公理正義的信心罷。原來暴力那麼容易改變事實。那樣的暴力來自我們自己，讓我們不安；那樣的暴力也就有可能由別人施加在我們身上，我們的表現大概不會比教官英勇罷，這樣的想法又讓我們害怕。

我記起了頭上貼著膠布的教官，對C擺出的小心翼翼的笑容。我也記起了抽屜深處有一堆詩就是在那幾天裡寫的：

「掛完了街燈之後我們掛上燈籠
擔心完了黑暗之後我們擔心一千呎的墜落
趕走了蚊蠅之後我們繼續驅趕
自己心頭一隻隻白色肥大，在燈火裡
螢螢作亮的蟲蛆」

「走下漫水的街道
走下風沙痛痛撲面的街道
我們是帶劍的少年
喝！喝！
劍光劈出一片
沒有風景的天空」

「若是你問我存在是什麼
若是你問我愛情是什麼

若是你問我終點是什麼
若是你問我哲學是什麼
我都會給你完美的答案
而且柔柔甜甜的答案剛好適宜放在耳邊入眠
但是請你不要
請你千萬不要
問我怎樣才可以大聲地說出：
我是對的！」

這幾首詩，好些年來我自己都讀不懂，一直以來是受到晦澀風影響下，寫得不明不白的壞詩。通過嗅覺，我才又讀到少年時代自己心中的震駭與疑惑。十幾年後，我重訪這些震駭與疑惑，依舊感到震駭與疑惑。

浪漫之闕如

我所理解的台灣文學，本來就不是以浪漫見長的。尤其是在被認可的純文學領域裡，一直到新人類感官世界的浮現前，清教徒般的道德嚴肅滲透在每一種文類情調中。即使是瓊瑤式的通俗男歡女愛，那種浪漫氣氛骨子裡還是依賴著正經八百的禮教價值。貧富懸殊或地位懸殊的社會因素、庸俗的異國情調堆砌裝飾，是這一類浪漫建塑時不可或缺的磚石。

我們沒有《惡之華》般的放浪縱情，我們的少年維特情愫畢竟是轉手的。六〇年代的空蕩蕩裡，文學只是不徹底的破壞，有虛無刻意的墮落，卻沒有狂歡與放肆的愛戀。後來的「人生反映論」霸權建立後更是阻卻了浪漫向文學的進路。陳映真浪漫化社會主義理想的〈山路〉還可以被接受，然而浪漫化勞工運動的〈雲〉批評家就紛紛皺眉了。陳映眞的浪漫還不是目的，只是包裝嚴肅社會理念的手段，都受到這種待遇，浪漫在純文學中的付之闕如，可見一斑。

也許是太早就裝滿這些從虛無到昂奮的文學意念罷，我的少年時代似乎未經掙扎、選擇，就對浪漫免疫。剛開始寫小說，就發心不寫簡單的男女情愛。那時候心目中的大作家是現在已經少有人提及的于墨。〈殺狗者〉防空洞邊無聊中帶玄機的冗長對話。〈圓〉裡那棟空蕩如死亡本身的體育館。還有還有，那個在一篇又一篇小說裡被強暴、被窺探、被虐打、白白的身子死了一次又一次的黛安娜。黛安娜，明明該是個風情萬種的名字的。惟一比較接近浪漫的是〈解雇日〉。陽光很好的午後，帶女朋友到高級得像另一個星球的餐廳吃飯，並且買一隻玩具大狗熊送她。然而淡淡開展蔓延的浪漫，只是爲了襯顯「解雇」這樣一件事的荒謬與悲涼。

我最早未發表的一批小說裡算不清死了多少人。一場烈日下的籃球賽荒荒地爆發出怒火到不可收拾。海邊鐘樓上超現實的對話結束於其中一人攀著鐘繩縱身海崖下。一個老朽的生命在無窮的憂慮中走向終點，什麼都不在他的掌握中，最後還擔心著自己恐怕死了永遠也無法瞑目。諸如此類。還有一篇死了最多人。一班戰士迷失在一座怎麼樣也走不出去的林子裡。先是無影敵人的反覆伏擊，接著是恐怖狀態下的同伴互鬥，噬吞了一條又一條性命。直到神秘的林子重新回復絕對的靜謐。記得這篇小說送去報社參加小說獎，稿子退回來時一位倚老賣老的編輯竟然在稿頭寫著：「請勿抄襲翻譯小說」。我寫了一封信去抗議，卻沒人理我，誰叫我那時只是個十四歲的國中生，高中聯考都還沒考……

小說如此，詩更是如此。詩人的頭銜、詩人的夢，或者是關於詩人的歌，像「從前有一個詩人，他孤獨又沒沒無聞……」，也許是浪漫的，然而說句公平的話，至少當年選得進選集的現代詩，通常沒有多少我們一般意義下的浪漫氣息。我隨便翻幾句當年的名詩：「宇宙老了，幻紫色的極光垂著死亡的面幕。」「白象牙彫刻的日子終於溶化／鋁質地殼上轟立起塑膠的大樓」「凡是敲門的銅環都應以昔日的炫耀／一切的弟兄俱將來到，俱將共飲我滿額的急躁」……

九〇年代的少年將不可能理解，不過當時我們眞的是捧著這樣的鉛字連綴想破腦袋的。即使到了思考的終點，我們也不敢懷疑詩人，而是堅決地強迫自己相信，只要持續地誦唸下去，終究能感受到詩評家一再宣說的「詩質」。於是我們唸了一句又一句：

「傳說將一虹碩大的耳朵
向雨後的天空升起
就化語成神」

「域外的風景展示於
城市之外，陸地之外，海洋之外
虹之外，雲之外，青空之外」
等等等等……直到有一天我們自己也能夠運用同樣的詞語構成，建築自己的詩城。
還記得那些模仿得最迫切的青青澀澀。

如果聽到哭聲，如果聽到
彷彿千年萬年的悲涼抑苦
同時迸發的山洪浩浩湯湯
像敵人軍士馬靴戰馬鐵蹄
像哪一年荒災時偏偏
停在天空幻化成雲的蝗蟲成陣

是該坐起聆聽或跪倒祈禱？

這是學《敲打樂》時代的余光中的。

無論如何靈魂總得租些時候給記憶罷
星期五，基督在餐桌上
你則站在你自己的靴子裡
至於愛情緩緩地飄過了小學上方
飄過鄰居曬著的衣物後變形成悲哀
教堂、女人和藏在心裡的心裡的心
總是這樣變成過去歷史

這是學痖弦的。

我們越過鐵蒺藜越過月光

你的血流經秋天的胸膛
有時我們到達遙遠那端的山景
聽取時間倒退時，不馴的嘈嚷
原來思維溝通最好的方式是楓葉與
楓葉的脈線緊緊相依相問……

這是學楊牧的。

既然冰雪的溫度總在火中下降死亡
那麼宇宙的空荒又是怎麼超生復活？
明明是尋訪你如尋訪一羽蝴蝶
而始終不得，若何又在跫音盡處
雲裡雲外冷冷如泉如月
看到你的眼瞳？

這則是學周夢蝶的……

用借來的磚搭建起一座城。坐鎮城中，當然也不是不曾焦慮逡巡探索自己的聲音。也許在哪個地道轉角處藏著？然而沿著焦慮往四方觸摸，總只遇到一堵空的白牆。一堵完全沒有內容、只能頹然靠著的冷牆。也不敢敲擊造次，深恐敲壞了，發現牆那頭還是虛寂無物。

靠著感覺不著任何浪漫溫暖的冷牆，寫出來的詩只能登在成年詩人們編的詩刊上，不敢給周圍任何人看。坐在書桌前寫詩，像是蛻脫了一個身份，理著平頭跟同學們爬過屋頂偷隔壁老師宿舍家曬的香腸、暴雷雨中打赤腳留在籃球場上、換了帽子又去了中華路訂做卡其長褲的那個高中生，以及和那個高中生有關的一切，似乎都被關鎖在詩的神聖界域之外……

我們當時並不知道這種神聖是轉手又轉手來的。留了兩首覺得相當不錯的詩作，準備用在自己負責主編的校刊上。不料竟然在審稿時被打了回票。那位在學校裡教國文，嫁給一位極知名的社會批評家的女詩人，在評審意見洋洋灑灑地寫著：「這些詩與高中生的背景全無相涉、徹底脫節，多的是故弄玄虛無眞感情的句子連綴，佳構、新意不少，然而畢竟不眞，建議全部不予採用！」

多麼令人難以接受的打擊。詩與高中生的背景本來就是南轅北轍，在我的意念裡。難道說應該用這樣具實驗性、超塵性的文類，去描寫擠公車、看女校學生、抑或朝會教官訓詞嗎？在年少自以爲是的衝動中，我和執編詩專欄的A，義憤塡膺地決定反擊。

現在想想，我們竟是在那時就學會了這社會一些不等權力的惡戲原則，眞不知該說是早熟還是早早被醬缸浸臭。我們把被打回票的詩稿拿到校外找另一位成名的詩人審。刻意選了一位參與詩社活動多年、有軍方背景的男性詩人。他給了我們那些詩刊型新詩極高的評價。我們捧著新的審稿單像捧著獎狀、又像捧著起訴書般，理直氣壯地去找訓育組長評理。

我不知道那位因丈夫曾坐政治黑牢而難免受過體制威嚇的女詩人，是怎樣讓步、又可能如何痛恨我們這些無知少年，我只知道我的詩成功地刊登出來了。平常一起嬉鬧的玩伴，第一次知道我寫詩。他們說看不懂。怎麼回事你的詩？你是在寫一個你暗戀的女生嗎？還是想像女生暗戀你？

我漲紅了臉試圖辯白，詩不是這樣讀的，文字、語言、敘述、結構，並不模仿現實，而是創造另一序的意義空間，那種有明確指涉的情詩浪漫，是最等而下之的……我的死黨們沒有耐心聽我誦唸東一點西一點從詩評裡拾撿來的理論，他們素樸而直截地嘲笑一切和現實邏輯脫節的東西。

最具逗笑想像力的W，即席改編了雪萊的名句，用誇張的鼻音兀然咏歎：「啊，新詩來了，嘔吐還會遠嗎？」那是當年最好笑的笑話。

我可以感覺到我與自己寫的詩逐漸存在著懷疑的空間。尤其是當我終於抵擋不住一波不可能有結局的戀情的招喚，我滿心能抱持擁有的只是無限延綿的浪漫情調。可是我卻無從記錄這即將淹沒、吞噬我的浪漫……

一九七九年下半年，我站在詩的沙洲上。河湍濤濤是我最初的愛戀。然而我的沙洲荒蕪。發表在詩刊上的那些詩非但無法替我讚美一名女子，甚至無法寫入日記裡錄下我的心思。沙洲被一點點地沖走。同時也走了留不住、不再回的青春浪漫，我無助地爲了自己的錯失而掩面低泪……

遺落月亮

歷史其實並不遙遠。有時眞的只是生活上偶發的瑣事，或者是慣常的反應，年積月累，一回首才赫然訝然冷然發現，原來那並不起眼的一剎那，自己竟然參與了歷史。

生活上偶發的瑣事，像是「雲門舞集」首演林懷民的史詩作品《薪傳》。那個晚上我在國父紀念館，而且在舞台上。我當然不是舞者，而是被國學社指導老師I慫恿帶去免費觀舞並充當活動道具。舞的最後一段我們無緣得見，被趕到後台上，每人分發火把一枝，點起火來，舞者動作結束時，我們就從兩側魚貫舉著火把出場，越過舞台，下到觀衆席，再從兩側走道上到劇院的最後方最頂端出口。我們就是一代代「薪火相傳」的具體象徵。

「薪傳」成了雲門的經典作，那當然是一場歷史性的首演。不過整場最大的敗筆，似乎就是我們這些火把少年。我們是太過明白、顯露的蛇足。而且我們這些僵硬、未經訓練的身體突兀出現，破壞了整場舞者以跑跳身體屈張所創造出的一貫韻律感。所以後來就再也沒有走進觀衆席的火把了。「薪傳」被寫入歷史，不過我們則被關在門外。

慣常的反應像是那時候我們天天仔細讀報。反正翻爛了也不過才那麼三大張，也花不了多少時間。我們還天天討論副刊上登出的文章，因爲副刊才有眞正的新鮮東西，而且篇幅比影劇版還多出半版來。

所以我們很自然地討論起連續幾天彭歌、王拓、何欣、尉天驄、余光中的文章。什麼是文學？什麼是鄉土文學？什麼是工農兵文學？什麼是扣帽子？什麼是「狼來了」？……然後有人很自然地帶來了《仙人掌》、《書評書目》，還有一些不定時出刊、難買得要命的詩刊來流傳，到處烽火煙硝、廝殺爭鬥。

沒有多久，我們曉得了那就是「鄉土文學論戰」。我們看到有人用蒐集歷史資料的方式談「鄉土文學論戰」，不禁油然生出：「啊，我們當時就在那裡！」的感覺。

「那裡」，我們參與歷史的原點，是高中裡的校刊社，窩居在校園裡的荒僻魚落，那裡是我們架設起探向外在社會的天線的基地，因爲有這個基地，我們比同儕的其他人早一步窺見歷史。

我們是以一種曖昧的身分趨近歷史，在歷史的周邊打混打滾的。一方面被視爲是最壞最惡劣的學生，是膽敢向聯考巨靈挑釁、最終畢竟要被聯考輾碎的擋車螳螂，假藉公假名義行蹺課之實；可是另一方面，我們卻又往往是最被羨慕的一群。因爲羨慕、因爲嫉妒，所以不屑、所以嘲笑。幸或不幸，我們十七歲時就已經明瞭了被人家談論、被人家誇張、被人家惡意揑造的種種難過，與，坦白說，的快感。

很多事、很多眼光折射在我們身上，彎彎曲曲地映照出最眞實的人性。像是我的英文老師恨恨地宣佈絕對不承認公假，只要點名三次不到，「不管什麼鳥公假狗屎公假，學期成績一定不及格。」他說。所以遇到英文課，只好乖乖回去上課，可是卻不甘心，一定要在心態上阿Q地擺出繼續在「公假中」的悠哉氣氛，拎著一本杜國清新翻譯好的《惡之華》，或者是葉珊寫給濟慈的長串抒情唯美的信，靜靜地在課堂上咀嚼歐洲、品賞頹廢、想像詩的國度，以爲這樣就可以睥睨那個既不懂文學，只知反覆誦唸文法規則的英文老師。英文老師顯然看穿我們的心思，他以一種非常孩子氣的情緒認眞地痛恨著我們，每次月考發考卷時，我們若是又猜出一個及格的成績，他整張臉都會因混合了失望與盛怒而變形著。

又例如因爲動不動就請全天公假，連朝會也請假，上學變成是件輕鬆得多了的事。可以比人家晚半小時出門，剛好掐準上學的走完、上班的還沒傾巢而出的小空檔，搭上可以有位子坐的公車。舒舒服服晃到學校，毫不在意地讓門口的糾察隊登記學號。這樣的「特權作息」養成之後，竟然從別班傳來言之鑿鑿的消息，說我交了一個銘傳的女朋友，天天陪她搭車到士林，然後才來學校，難怪總是遲到。聽聞這樣的講法，驚訝歸驚訝，卻也完全不否認不辯白。天曉得我唯一認識的銘傳學生，是早一年已經畢業的我的二姊。可是我不否認不辯白，因爲膚淺的虛榮心。

我到今天不能明白學校怎麼能容許校刊社這樣脫軌、脫線的機構存在。在那個大家認定是教育最最僵化的時代。脫軌、脫線到這個社團簡直是獨立在學校之外，有自己的作息、有自己的領土、有自己的儀式、有自己的傳統、甚至還有自己的財務。

本來訓育組長還擁有校刊社大門的鑰匙。到我們上一屆就藉口社內貴重的針筆完稿器材經常遭竊遺失，把老木門拆掉換上了兩扇厚重結實的鐵門，新鐵門的鑰匙遲遲「忘記」交給訓育組，後來也就不了了之。正式開始編輯作業之後，幾乎每個晚上都有人在校刊社過夜，煙霧瀰漫、菸屍遍地。紅著眼夜談，從中國文化談到超現實主義，談到坐公車時看上的女校學生。

創作力像野馬般放肆著。熱鬧、活潑，卻不一定有方向、更不一定有用。黑板上永遠寫滿了斷裂錯亂的詩句，中間還穿插著男女性器官的寫眞描繪。性與詩，而不是性與政治或性與愛情，是我們認爲最自然的結合。一種惡戲的結合。

我們的社長兼主編有權控制註冊時收來的所有校刊費用。我們校刊一期印的量八千到一萬本，比大部分坊間的雜誌都多。我們自己負責去找印刷廠、去找打字行，估價比價決標，都自己來，訓育組只負責等待呈報公文。還記得我主編的那期，總經費是二十八萬多元，那時候我們家在民生社區買的房子，一坪只要四萬塊左右。

有很多一代代傳下來的慣例。複雜的儀式。每年兩次選舉社長兼主編。由老社長提名三人，高二以上社員投票。一定是馬拉松式的會議，下午四點開始，沒有弄到十點十一點就「對不起傳統」。候選人要提出編務計劃，什麼方向什麼精神什麼專欄，高三老社員紛紛發難質詢，痛批新人計劃，順便表演老骨頭的學識、口才與能耐。最後無記名投票，一票一票唱出來。

校刊出刊後，一定要開檢討會。鬥爭大會。這也必然要是馬拉松式的。一直檢討到午夜將近。最高紀錄是星期六從中午十二點半，檢討到大家飢腸轆轆的晚間九點半。這回齊集的就不只是社內高手，而是全校好出鋒頭的人都來尋找舞台。

檢討會也是學校兩大惡勢力社團定期的衝突對決。一邊是校刊社，另一邊則是班聯會，兩邊永遠在比誰的惡勢力大些。班聯會的辦公室在學校裡最具盛名的古樓裡，廊風息息、文意盎然，這是我們所遠遠不及的。不過他們付出的代價是距離訓導處、總務處都太近，不比我們天高皇帝遠的自由方便。

我們惡勢力主要來源是編校刊，他們則是籌辦校慶及畢業活動。尤其是上下學期各一場音樂會最爲重點。校刊和音樂會入場券有一項共通的價值——可以拿去送給女校的學生。兩大社團平日互相看不順眼，班聯會每月開一次會，由各班推派代表參加，校刊社的人常常自告奮勇當代表，到會場去炮轟班聯會幹部。所以換成校刊檢討會召開時，班聯會的人也一定前來「踢館」，決不輕易罷休。

一來一往，總是扯平。

不過到我主編那期，情況稍有變化。那期搞了一個大飛機，校刊發出去又被緊急收回，訓導處命令把其中一頁「不妥內容」撕掉。所以大部分的人都領到殘缺的校刊。只有校刊社藏了極爲少數的完整版本。物以稀爲貴。班聯會的人儘管有一千個一萬個不願意，還是只好帶著一疊疊的音樂會入場券，移駕校刊社看看是否能夠換到一本珍貴的完整校刊。

我們是不折不扣的特權分子，可是始終沒有多少人會要來跟我們分享特權。那些羨慕與嫉妒的眼光總是等待著，等待著看我們如何在聯考的門檻關卡前跌得鼻青臉腫。我們的特權，在他們眼裡，是拿自己一生前途冒險作賭注換來的鴉片享受。

在被聯考打倒或收編之前，我們急急地先學習如何藐視聯考。如果說聯考是高中生正常的文明秩序，我們就是在文明邊緣玩著草莽江湖遊戲的一群人。

草莽江湖中總是最在乎朋友義氣的感覺。我們在一次次的意外事件裡體驗友誼的種種變貌與種種艱辛。對於朋友、對於義氣，我們在那時學到的，比往後的十年二十年都多。

在我之後的兩任社長選舉都是意外。我擔任的是上學期社長，下學期的人選要在同一屆高二的伙伴裡選出。因爲大家已經有過合編一期校刊的緊密同志感情，所以早在選前就已經有默契要讓R接手。默契歸默契，選舉的儀式還是得認眞舉行。照傳統慣例，我除了提名R之外，還提名了首席美編參選，然後爲了第三個名額頭痛不已。

Q自告奮勇參選，解決了我的困擾。Q很有義氣地擺明了要以護航R過關的姿態競選。選前我們五、六個人齊聚長談了對下期校刊的種種想法，提供給R作參考。我心血來潮突發奇想，認爲把校刊由原來的十六開本擴張成菊八開，可以帶來眞正的新興氣氛。不管在文章的容納、活潑安排上，或給美工更大揮灑空間上，都應該大有幫助。更重要的，我們會變成全國第一本菊八開校刊；更重要的，我相信其他學校會逐步跟進，等於是承認了我們的龍頭老大領導地位。

年紀愈輕時，愈是容易妄想作老大。後來大家決議以改版菊八開當R最主要的「政見」，而Q則當保守的對照組。

沒想到選社長那天，接二連三地出現狀況。首先是高三「老骨頭」幾乎全員到齊，在人數上直逼高二社員。再者R竟然嚴重怯場，表現失常，尤其是改版計劃遭到老骨頭們的質疑之後，他似乎全然忘記了我們當晚談得慷慨激昂的改革夢想，支支吾吾遲遲說不出一個所以然來。更令我驚訝的是Q提出了非常完整的編務構想，而且始終神采奕奕，愈戰愈勇。後來清楚地成了R與Q對決的局面，Q獲得大多數高三社員的支持。

投票開票的過程中，我覺得頭痛欲裂。最後Q以三票之差擊敗R當選社長。散會時，大家商量去冰菓店慶祝的當口，R悄悄地離開了，我們還追到站牌下，不見人影。R急急攔了計程車奔回板橋的家裡，挫折痛哭了一夜。

R在痛哭的時候，我們先去了冰菓室，然後又回校刊社。氣氛詭異。不能太高興，覺得對不起R。又不能不高興，怕讓Q覺得我們在怪罪他。

人情世故就在這種艱難時的分寸拿捏罷。那一夜我長大了許多。不曉得該怎樣安排自己的表情時，我就佯裝抬頭看門外的天空，看了半天，發現竟然各個方向都找不著月亮。月亮遺失了。有一種什麼東西也同時在我們心中遺失。不過月亮還會回來，是吧？心中的東西也會由殘缺而圓滿，慢慢還給我們嗎？

再下一次的意外不是發生在選社長時，而是選完社長後的學期末。那是我們要升上高三前，準備要交棒了。選出來的新社長是V，一個在我們眼中傲慢氣盛的小鬼。當然我們自己也曾經是別人眼中傲慢氣盛的小鬼，不過我總覺得我們誰也沒V那麼傲慢、那麼氣盛。

坦白說，我並不喜歡V，我和他的關係惡劣。他高一剛考進來，就寫了一篇洋洋灑灑掉盡書袋的〈論李廣李陵〉，投稿到校刊社來。那種文章和我們當時沉迷於《蓮的聯想》、《北斗行》，關注陳映眞、王禎和、黃春明的心情顯然完全不搭調。我毫不猶豫地簽了退稿單。

收到退稿後，V竟然來社裡要求解說。我對他的自信、勇氣感到好奇，和他談了好一陣子，然後不歡而散。於是就聽說他到處去批評我們這群人只有鬆垮垮的浪漫感覺，卻沒有紮實的學問功力。

接下來，他常常放學後就大剌剌地到校刊社來蹓躂，東看西看、東講西講。有一次就被我引用社規不留情面地把他趕了出去。社規上規定：「高一社員未得同意，不得隨意進出校刊社。」沒人知道這條規定什麼時候定的，也沒人說得出一個道理爲什麼這樣規定。可是我們高一時就是乖乖地在外面用癡癡的眼光看著高二高三學長在社裡自由翱翔的。我們是這樣過來的。

V一定恨透我了，從那以後絲毫不保留對我的敵意，把我說成是無理惡霸的代表。當然，從他的角度看，我的確是濫用權力的可惡壞蛋。

不過不可否認的，他到底在他們那屆裡最是才華橫溢。我們都同意，喜不喜歡是一回事，Q總是得提名他參選社長。他憑自己的本事硬碰硬地選上了。不必說謊，我那票沒有投給他，他當選，我並不快樂。

暑假開始的第一個禮拜，在家裡接到Q的電話，說社裡有大變局，要我立刻趕去。去了才曉得V學科成績太差，確定被留級了，訓育組長強硬要求校刊社社長重選換人。學校方面萬萬不能接受一個被留級的「壞學生」擔任社長。

V很沮喪，一言不發坐在角落裡。我也一言不發，我內心在撕裂掙扎，壓抑著不准自己有一絲一毫幸災樂禍的感覺。然後必須決定該站在誰那邊：討人厭的訓育組長？還是討人厭的V？

談到晚飯時間，他們要V先回家去吃飯休息，「天塌下來有老骨頭頂著。」H說。

剛剛變成老骨頭，事實上還是一群六神無主的毛頭小孩們，則結伴走到寧波西路上吃一粒一元五角的水餃。回來的路上，R走在我身邊，我們面前是一輪暈黃初昇的月亮。

「天場下來老骨頭得頂著。」我學H說。我們不能讓訓育組來干涉校刊社人事。留級是教務處的決定，當不當社長是社裡的決定，這是兩回事。而且留級對自傲愛面子的V，已經是夠大的打擊了，不能再讓他在社裡喪失地位。我們就破例有個一年級的社長又怎樣？反正校刊社老是在破例。

我的立場、我的決定。H、Q、W和我四個人留下來，翻遍社裡有的所有資料，C和P則趕到重慶南路買幾本劉眞等「教育權威」寫的書。我們需要一分紮實的書面資料去跟訓育組長力爭。這是唯一的機會。如果連訓育組長都無法說服，總教官、訓導主任對校刊社的印象更差，更是求救無門。

在溽暑中總動員。由我執筆寫了一分陳情書，後面跟著一大疊附件。附件一，由我揑造的V的自述。附件二，校刊社規中相關規定。附件三，權威教育理念。附件四，校刊社的傳統與立場。我們甚至想好，眞不得已時，附件四可以找哪些畢業校友來簽名背書。

弄完時已經是凌晨了。一早H和我又把稿件送到平常來往的打字行，套用交情饒到免費最速件打字。完整、正式的資料。

暑假只上半天班。我們在十點鐘走進訓導處。和訓育組長談判到下午一點鐘。軟硬兼施。事先講好絕對不能讓步先去吃飯，一定要一次解決，得到答案。我和組長互拍桌子，Q趕緊扮演白臉和事佬，頻頻道歉，最後我把一張寫好的悔過書放在組長面前，我願意承認頂撞師長，願意被記過，換取V接任社長。

組長終於讓步。可能眞的肚子餓想回家了。V可以接任社長，然而校刊社下學期的公假額度將遭到刪減。從學期的三分之一減成四分之一。協議達成。我們魚貫走出校門，心中卻沒有勝利的欣悅。我還是不太清楚自己在做什麼。爲了V這樣奮戰不懈？

回家後就發燒重感冒，整整三天沒有出門。經歷這樣一場，我還是不喜歡V他也還是不喜歡我。甚至一直到我們都步入了三十歲的前中年期，都在台灣的文化界打混，他還是不時或公開或私下地詆毀我的行事作爲、我的文章思想。

我只能苦笑以對。學會苦笑，其實也是人生的一大成就吧。

V的事件過後整整一年，我拖著被課業與感情問題折磨得疲憊不堪的身軀，走入大學聯考考場。幸運的是，考場就設在自己的學校裡。每當下課，帶著複雜忐忑的心情，至少可以回到校刊社裡休息。

一九八一年七月二日，考完最後一堂課，正式結束高中生涯。我還是習慣性地走回校刊社。死黨們都分在其他學校考試，而且好幾個人已經有了女朋友，要把考後立即的情緒留給更親近的人。所以約好第二天早上才碰面。

我一個人留在校刊社，捨不得走。一直到晚上。坐在門前階梯上回想三年來的種種。然後衝動上來了，把陸陸續續寄放在社裡的課本、參考書全都搬出來，在走廊上把它們燒掉。

這些書燒起來原來那麼沒分量。火燄不見特殊的熊熊豔麗，而且也不持久。一下子就化作灰燼餘溫。

我該走了，踏過灰燼我背著空空的書包走向校門，停下來仰望天空轉了一圈。

又找不到月亮的蹤影。

如雪的聲音

他的聲音如雪，冷得沒有甚麼含意
面色如秋扇，摺進去整個夏日的風暴
某些事物猥瀆得可愛，顏色即是如此
顏色只要塗在某一個暗示上
他便拿起揮霍，他是專走黑巷子的人……

我清楚記得那是高二的暑假。學校後圍牆邊正在蓋我們無緣享用的體育館。聽說蓋成了之後底下一層是游泳池、上面則是籃球場。倒也還好體育館必須等到我們畢業才啓用。有了游泳池之後一定要上游泳課，穿著短短的泳褲上課，眞是褻瀆得可以。那個時代充滿了許多不切實際的高蹈想法。其中一個就是把學校投射成哲學思辯、文化傳承的聖地。以爲一棟日據時代留下來的樓，列柱架圍的長廊上吹來一陣與熾暑亞熱帶陽光不搭調的涼風，就可以把我們吹向北大，甚至吹向牛津、劍橋。打心底看不起汲汲營營於聯考的庸俗課表；看不起不知道康德，又以爲現代詩是謎猜的同學們，雖然聯考失敗的噩夢隨時在枕邊窺伺著。穿泳褲上課，人人赤裸上身不著一物，那想必是學校人文精神墮落的最終象徵。

高蹈而不切實際想法的另外一個，正就是靈肉分離。黃色小說、徹底裸露的色情圖片還是看的，暗底流傳與教官捉迷藏的遊戲也積極地玩著。不過總是一種遠距離的凝望態度。該怎麼說呢？色情、性似乎比哲學、文化還要遠離現實。那些小說、那些圖片是一扇時開時閉的窗，讓我們偷窺另一種存在、另一個現實。我們偷窺別人的別種生活而獲得亢奮效果。可是那堵牆總是在的。這些東西不能越過牆來侵略周圍近身的人事物。

我曾有過短暫輕微失眠的毛病。總是要讓自己集中想Y，一個當時我深深愛戀的女孩，才能漸漸入睡。想著Y，有一股舒緩的感覺撫遍我全身，除了禁忌的下腹部。我從來沒有一次想像過Y也擁有一個女性肉體，像在小說、圖片看到的那樣。從來不曾幻想過與Y有任何肉體接觸。第一次似夢非夢想像看見自己用手指暗示性地輕撫Y的紅唇，已經是大學後期了。我早已被Y與其他男性的故事弄得遍體鱗傷，在紙上寫過千百遍「我不愛她。我不愛她。」了。

哲學——愛情是哲學的一種浪漫變型——上升進入腦中，才沉澱入心靈。色情則直接下降到小腹部位，然後化爲自慰時空射的精子逃逸發洩。這是靈肉分離的身體解剖。游泳課無可避免要在外形上突顯那個純粹屬肉、屬色情的部位。難怪我覺得不潔、強烈的反感在胃裡翻攪。

除此之外，樓上的籃球場也顯然違反我們的分類慣例。我當然知道籃球追求跳躍、接近飛翔的美。與地心引力的悲劇性對決。明知一定要輸卻一次次掙扎嘗試。在樓上打球？這算是遠離地心引力的一種取巧嗎？我不知道。我只知道在樓上拍球、跑步的結果，通常卻是招惹來樓下鄰居的無情咒罵。一個穿游泳褲的人跑到籃球場來說：「你們吵死了！」？沒有比這個更滑稽的畫面了罷。

不管未來到底怎樣，體育館倒是立即帶給我們一些始料未及的好處。爲了方便建築工人進出，音樂教室邊一條窄道進去，和工地之間開了一道小門。工人上工就打開，到他們回家時才關閉上鎖。對知道門道的人來說，那一整年學校大門門禁根本就是虛設。

沒有門禁情況下的暑期輔導課變得很可笑。早晨朝會前教室裡熱熱鬧鬧的，大家都來了。朝會一完就三三兩兩從後門離去。等老師到時，座位上大概只冷冷清清坐了個五成滿罷。如果沒有輔導課，每天出門前恐怕難免要東挪西湊編織藉口安撫開始表現出聯考先期焦鬱的父母，而且死黨們還得打電話約時間、約地點。輔導課解決了這一切麻煩。到學校來再商量就是了。

那是一個賺來、偷來自由的暑假。常常有一種「不要白不要」的誘惑，也沒有什麼特別的想望，晃著晃著就走離了學校。甚至有一次，是被音樂教室頂樓有人吹短笛的聲音引到走廊上的。國樂的短笛高亢嘹亮，很有悲愴的意味。像〈報任安書〉裡面寫的李陵。「提步卒不滿五千，深踐戎馬之地，足歷王庭，垂餌虎口，橫挑彊胡。」到走廊上尋找短笛的來處，卻剛好看到橄欖球校隊在練鬥牛。兩群人肩抵肩硬拱起一道充滿緊張的穹弧，頂成動感中的靜力停滯，球突地送進牛陣，牛頭腳一撥，準確如機器般正正把球撥進十幾隻腳複雜組構成的空隙裡，四分衛搶起球，身體未站直就橫著飛跳斜出，雙手向後傳球。

音樂與動作的交叉配合，捲成一股難以抵禦的陽剛之氣潮潮襲來，震懾著我，招喚著我。我沿著操場邊用一塊塊立磚埋入土裡所標示的跑道外圍走，從不同的角度感受暴力的美。身體曲張所爆發出的危險威脅。突然注意到操場滿滿都是球隊釘鞋所踩出的印跡。沒有一吋空白。我驚駭著。繼續往前走。很難想像才十幾個球員可以把偌大個操場踩得這麼徹底。我開始專心找尋沒有釘鞋印的空地。一直找一直找。陡地短笛在一連串嘶吼吶喊般的急促起伏短音後收尾靜止，我發現我自己已經走到後門邊，離橄欖球隊有一段距離了，離教室就更遠了。當下也沒有多想什麼，兩手插在卡其褲口袋裡，就這樣走出來了。我的書包也沒帶，課本甚至還攤在桌上。就這樣蹺了一天的課，第二天才回去收拾。

那時節我其實已經沒有什麼死黨了。喧鬧、惡戲、對於中國未來的激烈辯談、滿屋子的菸屍都已經過去了。不知道爲什麼特別有一顆容易激憤的心。高三分班分組。所有這些一起背誦現代詩，硬讀死讀東西文化問題，曾經爲文學煽風點火的朋友，只有我一個人選擇乙組文科。覺得遭到集體背叛。背叛者反而是多數，我一個人孤零零的堅持著。我說我會堅持一輩子。他們不相信。頂多到三十歲。說不定二十五歲。超過二十五歲就寫不出詩了。超過二十五歲就沒有人會把你當天才。我們最後一次在植物園摘阿勃勒的長長果莢，就在這樣對未來斤斤計較、討價還價中不歡而散。

我開始一個人去看電影。最高紀錄是一整天在獅子林和武昌街間來回走動，一共看了五場電影。好像有楚原的，還有災難片罷。比較淸楚記得的是一場由史提夫麥昆演的《獵人》。專門「獵人」的職業殺人反而成爲獵物的故事。散場出來夜已經很深很深了。百貨公司熄了櫥窗的燈，西門町就好像突然被紙屑、垃圾佔領。它們像是地底黑暗世界裡鑽出來的。白天人多時看不見，一等人們休息了，換成它們在街上飛舞狂歡。我一直覺得後面有人在跟蹤我。無聲無息地掩至我身後，又迅即閃進騎樓暗影裡。我不知道他要什麼。只覺得下一秒鐘他就會攫住我。把我抓離這個世界。抓進未知。如果進入一個完全不同次元的時空，我學習、思索的這些哲學、文化還有意義，還有效嗎？這樣一個古怪想法突然浮上來。我覺得身體有一部分漸漸被掏空，換灌冷空氣進去。雖然外面維持三十度左右的夜暖，裡面，溫度計量不到的地方，卻急遽向冰點靠攏。我愈走愈怕，到了中華路圓環口，終於鼓足力量猛地回頭，只看見路中央的銅像在青白的月色下發著浮飄的光。

我清楚記得有一天，蹺課到碧潭去。我不會游泳，可是卻酷好划船。第一次划船是在花蓮鯉魚潭學的。和爸爸媽媽表哥表姐及一群親戚。親戚們老是記得我的成績很好，「台北囝仔卡會讀書啦。」他們說。可是國中那年我心思完全不在書本上。練田徑、踢足球是我生活的重心。被學校老師視為墮落、絕望的壞學生，其實有一種特別的刺激，甚至特權。他們把你當平輩般厭棄著，有時甚至害怕著。不願意管你，至少不願意來拍拍你的頭、伸張他們作長輩的權威。

親戚們還是稱讚我的好成績。爸媽也不知道應該如何糾正他們的印象。只能默不作聲，我特別提我在體育運動方面的活動試圖平衡一下觀感。不料他們竟然都一笑置之，不當一回事。「台北囝仔還是飼料雞啦，讀書卡贏啦，那講要相打，要跑給人家追，那是比不過莊腳囝仔啦！」

突然之間，我什麼都不是。也許就是這樣賭氣的心理罷，當表哥表示願意教我划船時，我熱切地伸手搶抓木槳。划船其實不難。左右手用力時的平衡調整。木槳吃水的角度計算。我甚至很快就能把船划得穩穩的和表姊夫的船一起衝刺比賽。終於贏來表哥的認可：「台北囝仔還不壞喔。划起來有模有樣。」

一下午的游湖結束，上岸來才發現我雙掌虎口的部位都磨得血肉糢糊，紅紅的血一條條滴到腕上凝結成形。竟然都不覺得痛。表哥說這是只知道划不知道放造成的。吃水划的時候整個手掌用力，等槳一離水手就要放，不能再死抓著，要放，換成用掌心輕輕的推，讓槳在手裡挪位滑動，這樣才不會磨破皮。「要放，要放，知不知道？不要緊抓緊抓，要學會放，放掉，輕輕的推……」突然之間，爸爸媽媽和所有的親戚都圍過來對我講一樣的話……

碧潭跟鯉魚潭很不一樣。鯉魚潭有寬闊的水面可供橫衝直撞。碧潭卻是以兩岸多樹蔭引誘人划划停停。更重要的，碧潭有許多冤魂故事。每年夏天藏在水底等著捉人腳踝的水鬼們。

在碧潭划船有一種向死亡趨近的感覺。尤其是像我這樣不會游泳的人。生存突然間縮小侷限到一葉小船這麼大的空間裡，而且搖搖盪盪靜止不下來。離開這船就注定是死亡。咕咕咕地身體往下沉，咕咕咕地靈魂不願意被沾濕，於是從腦門爬出來向上飛。就是這麼簡單，這樣界線分明。

我讓我的生存之舟卡在石頭間輕輕的晃。頂上是一棵我叫不出名字來的樹。我讀的詩沒有「多識草木蟲魚」的功能，不能怪我不認得碧潭的樹。現代詩裡當然不是全然沒有植物。例如紫藤、梔子花、鳳尾草、橄欖枝、苦梨乃至蒺藜也是出現過的。不過這些名稱顯然比較適合輕輕地唸出，讓音聲摩娑過舌尖，讓意象象徵在腦中連絡起一網詩的現實，而不適合拿去查對草木目錄綱鑑。陽光隨著下午時光的消蝕，慢慢地從對岸漾舞過來，在金黃與水綠的探戈中，一路製造出變動不定的水面幻影。像某個文明的歷程。只要夠專心，我可以在水中看到一片草原、一隊牧群、一座城市、一場靜靜的殺伐、一望燃燒焦紅的廢墟。

我從書包裡取出薄薄的詩集來。像是要報復聯考日益逼近的威脅，我把過去三年內曾經讀過的詩集輪番帶在書包裡，每天出門前確定詩佔的空間不能比課本小。

我決心練習從詩裡讀出最多的意義來。沒有詩是不可解不可懂的，問題只在你夠不夠用心、努力。我覺得我過去讀詩的態度太輕蔑了，可以一個晚上幹掉一本詩集。只捕捉住一些殘存的感覺，幾個特殊的辭語。大概是開始爲聯考而背記歷史、地理課本的關係罷，我對書本生出反覆挖掘的對待習慣。如果說課本那樣的內容都值得翻讀百遍千遍，作表作圖建立其間關係脈絡，那麼詩，文學中的鑽石、珍寶，當然更應該被徹徹底底地體會了。

半坐躺在船上，我告訴自己，翻到哪一頁，就用那頁詩消磨一下午。詩的下午。抽出《石室之死亡》，六〇年代最深邃，被解讀最多次的經典，我慢慢地朗讀：

他的聲音如雪，冷得沒有什麼含意
面色如秋扇，摺進去整個夏日的風暴
某些事物猥瀆得可愛，顏色即是如此
顏色只要塗在某一個暗示上
他便拿起揮霍，他是專走黑巷子的人
……

「如雪的聲音」是怎樣的聲音?細細碎碎像街角女人的嚼舌?還是像欲說卻依然無言的天啓?也許正是這兩種性質的弔詭對比結合?我想起電影《萬世巨星》裡面的耶穌。他是那麼沉默。他自己不說什麼。可是那主題曲卻激情嘶吼。一個女聲用最高拔的音調反覆地問:「我不知道如何愛他。我不知該如何感動他。他是個男人,只是一個男人,我曾以各種方式擁有過那麼多男人,他只是另一個。我應該……?我應該……?」她不知道自己應該如何。「他的聲音如雪」。好像有豐富的含意,可以供人想像,君不見古往今來多少歌頌雪、詛咒雪的文章。然而然而,眞正的一捧雪是什麼?冷冷的沒有什麼含意。含意是別人吶喊嘶吼出來的,和雪本身有何相關?

「冷冷的」似有情卻無意是嗎?像Y,像Y對我的感情嗎?Y說我是她最要好的朋友,從小一起長大的夥伴。所以什麼話都能跟我說。這是雪的聲音,晶晶盈盈透亮美麗誘人。可是她告訴我她所有的愛戀故事。故事裡面沒有我。我只是故事外的聽衆。「冷得沒有什麼含意」。……

所以這詩句寫的其實是某種宗教眞理嗎?如秋扇的面色顯然是可以摺疊收藏的,而且摺得進整個夏日的風暴。記得《十誡》裡面那種洪水與暴風的毀滅力量嗎?秋扇對應夏日，就是要突顯動亂與平穩的對照罷。同時能收納夏天的暴熱、風雨，卻又能如秋日般平穩靜憩，那只有神。回頭呼應上一句的雪和耶穌。

唉，我何嘗不是收藏了整個夏日的風暴在體內。Y說她要忘掉所有那些男孩們。專心準備考試。高三她將只接我的電話。因爲我不會讓她分心。夏天一開始她就這樣明明白白跟我說。不過我們聊天還是以功課爲限。「也許你還能講一點點詩啦。」Y說。那些與生活、聯考百分之百不會有交集的詩……

「某些事物猥瀆得可愛」。像Y。她不懂詩、不懂哲學、不懂宗教，甚至不懂什麼是眞理。她是最徹徹底底的背叛。我自己不敢面對她的背叛。她根本從來不曾和我在同一個陣營裡，當然沒什麼背叛可言。她說她喜歡跟我聊天，因爲我不懂她的世界。夏天開始，她就眞正眞正這樣講。如果說我的顏色是蒼白，蒼白的對比不是黑色，而是旺盛血色在皮膚底下映出的淡紅活力，Y的顏色。

Y說高中時代可以玩一些感情遊戲，比較不傷神、不傷身。沒有人這種時候就想到結婚。也不會要太那個。那個那個你知道。純純粹粹的感情遊戲。最美麗的愛。即使分手了也還美。再長大些就沒辦法。會有那個那個的問題。給還是不給。不給他會一直要，給了分手會恨。Y的語言裡有很多暗示，不過都不是暗示給我的。

Y說：「你可惜可惜了。高三都來了沒玩過這種遊戲」。我以為我在玩，可是人家卻說不是。我沒有什麼顏色好揮霍，只有哲學與詩的蒼白，至於耶穌，我看到他走進黑巷子裡了，好黑好黑的地方……

我醒來時天已經要暗了。疲憊爬滿全身。睡了好長好長一個午覺。頰上濕濕的，不知何時被潭水濺到。我的船傾斜一邊，《石室之死亡》不見蹤影，顯然是跌入水中了。

那個夏日，我聽見如雪的聲音宣示詩的眞理，而碧潭裡埋著我的詩集，以及我錯誤的初戀。

彷彿在君父的城邦

我背坐水涯，夢想河的
上游有不朽的智慧與愛
（那是，啊，我們長久失去了的君父的城邦）

我坐在往景美方向疾馳的公車上，最後一排靠窗的位子。一九七〇年代末期，景美尚未開始塞車，除了〇南以外，其他往那個方向跑的巴士都隸屬欣欣客運公司。深藍色、體形龐巨的巴士車身，晴天時映得陽光加倍亮麗；陰雨時卻又襯得街景格外沮喪潦倒。

一九七〇年代末期，所有的夢想與愛都在景美那塊地方交會。二五二底站那所身著鮮黃制服的女校裡有Y，以及我那段懵懂卻不斷挫敗的初戀。三不五時，Y興致來了，就在電話裡說：「眞希望哪一天在公館下車時能碰到熟人。自己一個人等換車好可憐喔。」於是第二天我會絞盡腦汁想出藉口不和死黨們沿著重慶南路逛書店晃到火車站去，急急地往南門市場搭和回家反向的車。通常要在二五二的站牌下等差不多半小時。Y下車一眼看到我，的確是綻開了一個甜甜的笑容，只不過她身邊總是有其他同學，總湊巧不是單獨一個人。她會過來跟我講兩句話，又匆匆地和同學一起去等五十二路。她說「再見」時口氣決斷清脆。

有一次我從四點多等到七點沒有看到她的蹤影。心急如焚卻又無可奈何。明明她前晚又說：「唉，冬天天黑的那麼早，在暗暗的街上等車好無聊啊」，所以我才去等的。可是她就是沒有出現。我精疲力竭地到家時，卻剛剛好接到她的電話。她顯然完完全全沒有意識到我會去等她。我除了自己對著門口的穿衣鏡苦笑，也不能講什麼。我們之間本來就沒有什麼約定，我們之間什麼都沒有。

她告訴我她們班下午開期末同樂會，大家玩得很開心，所以放學就結夥到西門町去。我儘量保持平靜地問她：「妳們沒有在公館換車？」她罵我：「別呆了，二五二可以直接坐到中華路南站，幹嘛換車!?」別呆了，別呆了，我學她的口氣在心裡反覆罵自己一百次。

然後她就說同樂會上她唱了一首英文歌，"Five Hundred Miles"，離家五百哩，「If you miss the train I'm on, you will know that I'm gone……」很簡單，很多人都會唱的歌。不過她唱的時候把調子加快了，完全不像唱片裡的那樣死氣沉沉，把大家都嚇了一跳，這歌怎麼能這樣唱？可是再一聽，大家又都迷死了這種唱法。

「A hundred miles, a hundred miles……」她在電話那頭愉悅地唱起來了，是啊是啊，這樣輕輕快快溜過的調子多好。掛了電話，我還納悶著，爲什麼別人都不會想到要這樣唱呢？驀地，那首歌再簡單不過的歌詞意思回到我的意識裡。老天，這一首離別的歌啊，遠離家鄉五百哩而歸期未卜，如果照Y那樣唱，豈不意味著趕快走趕快走，還能傳達什麼留戀依依的苦楚嗎？

苦楚是我的，而歡樂遠行卻是她。在那一剎那，酸澀的感覺在體內每一個角落銼磨著我的神經。Y每一次每一個揮手說「再見」的模樣一起列隊在我眼前展演。一百個Y一起向我說「再見」。我慌張地搜尋每一個「再見」、每一張Y姣好甜麗的容顏，沒有找到一絲一毫惋惜、不捨的感覺。於是我匆匆地鎖了房間，把自己扔擲在床上，開始哭泣。我恨自己像個女生一樣躲著哭泣，愈恨哭得愈厲害。漸漸的，忘記了到底爲什麼哭。忘記了Y。忘記了應該要恨Y的，完完全全忘記了要恨她。哭完了以後也只記得把苦澀的不舒服化成晦澀不通的文字意象寫在一首首的詩裡，再把一首首詩藏進抽屜裡。一如反覆、季節性的儀式完成。

●

景美靠近靜心小學一帶，有我的另一分愛與夢想。我還記得那條街似乎一整年都在挖水溝，老是得涉過泥濘不堪的路面，轉幾個突兀的彎，才找得到掛著「義光育幼院」幾個大字的那棟公寓房子。

「義光育幼院」是我們學校慈幼社作課輔服務的地方。七〇年代以保釣揭幕，學生運動的激昂熱情很快地便被從政治改革層面導引向社會服務，慈幼、課輔服務都算得上是這樣一路牽牽連連殘留下來的尾巴形式。當然那時候，我們是不會知道保釣什麼的，慈幼社能吸引的多半竟是些少年老成，急急想要透過與更小的小孩相處來證明自己的大人身分的人罷。

現在想起來是滿荒謬的，一個個十五、六歲的少年把自己武裝得密密實實的，去到育幼院輔導年紀相差不多的國中、國小學生。可是那時我們很認眞，一點也不曾懷疑自己的資格。

也許是太認眞、太正經了些罷，參加過幾次社團安排的「正規」課輔之後，我就明明白白看到育幼院小孩們臉上的不耐與疲倦。他們的表情深深地刺痛了我，先是教我頭痛，繼而讓我心痛。他們並沒有太好的生活環境，更沒有什麼學習條件可言。他們多半功課落後，白天上學時辛苦的忍受老師與同學歧視壓力，回到院裡還得應付這些大哥哥們的輔導，必須繼續正襟危坐、靜聽嘮叨。

心痛到一個程度之後，我開始脫隊獨自行動。社裡排定的星期二、星期六我通常不會出現。其他時間才去，儘量不驚動院裡那些罵人聲音或粗惡或尖厲的老師，也不打擾孩子們自由活動的作息安排，悄悄地去、悄悄地把自己置放在他們中間，慢慢認識這個男生、這個女生。

然後在短短的幾個月內，就連續發生了好幾件事。有一次是星期天，一群女校的學生到院裡來參觀，所有院童被趕到頂樓去接受「慰問」。有幾個小孩不想去被「慰問」，我就自作主張陪他們在教室作功課或下棋。結果院裡的老師卻氣沖沖地跑下來罵這些小孩，說他們是沒有規矩、沒有團體生活紀律的野孩子，勒令他們十秒鐘內上到頂樓去。我當然覺得自己有義務替這幾個小孩辯護，可是自己實在年紀太輕了罷，一開口就無法節制脾氣，辯護一下子變成了爭執，再來就變成了暴怒指責。那時節，我每每是愈生氣頭腦就愈是不可抑扼地亂轉，話也就講得愈來愈快愈大聲。我一直講一直講講得那老師臉色青白眼神噴火還停不住，索性衝動地跑到頂樓大鬧「慰問」會場，痛斥那些女校學生不懂事，沒有愛心，星期天不去郊遊跑來育幼院幹嘛？妳們自己覺得很新鮮、很慈善，有沒有想過小孩們的感受？憑什麼要他們放棄休假來陪妳們？妳們對他們眞的好嗎？就算他們眞的喜歡跟妳們玩，玩完了呢？他們想妳時妳在哪裡？妳還會再來嗎？他們還能再見到妳嗎？多麼殘忍多麼無知……

我把幾個女校學生罵哭了，也把幾個最小的小孩嚇哭了。其實最殘忍最無知的是我，以及我那分自以爲是的脾氣。多年以後我不得不如此懺悔承認……

我的任性最是表現在不接受人家習慣的模式，老以爲自己可以找出不同的道理來。我很快地放棄了大哥哥的身分，和小孩們混在一起。混在一起不只是玩在一起，而是我的地位和他們完全是平等的。我會和他們爭吵、和他們鬧彆扭，甚至不時對這個吃吃醋、和那個絕交一星期。我強烈地愛著他們之中的幾個，強烈地想念他們。去院裡不是爲了要服務他們，而是完全爲了我自己，爲了我自己和心裡的狂熱愛戀。

七九年三月底，院裡我最疼愛的B在下學期第一次月考因作弊被發現，數學拿了個大鴨蛋。我去時她趴在桌上不理人，我端了椅子坐在旁邊扶著她的肩講了半個小時的話。她堅持不理，堅持不認錯。她一直沒反應我實在講不下去了，就威脅她說如果她再不理，我就要走了，而且除非她下次月考不作弊還能考及格，我不會再到院裡來。她還是不理，我氣極了，抓起書包就往外走，兩階一步飛奔下樓。下了一層樓，我聽到好像是她追出來的腳步聲，我的臭脾氣已經起了，扭著不管、繼續下樓，大跨步穿過樓下飯廳直直出門。疾走到巷口，我停下來，才想到我可以這樣說走就走，B卻是沒有辦法自由出門的，一時心軟，卻又找不到立場回頭，於是在一盞冷白的水銀燈下足足猶豫站了十分鐘。站到兩腳疲憊無力，蹲了下來又待了十分鐘。心空空的拿不準到底是不是失落了什麼。

那竟然是我最後一次去育幼院。院方透過慈幼社社長轉告我：禁止我再到院裡去。我的行爲踰越了院方可以接受的範圍。我的存在擾亂了院童的生活。社長是個非常非常溫和、典型的愛心人士。他總是苦口婆心地教導小孩要守規矩、要用功讀書。他的行爲無懈可擊，只是院童們都嫌他嘮叨、嘲笑他囉嗦的模樣。院童們怎麼對他，他也絲毫不以爲忤。他是個有深厚信念的人。

他用平常諄諄教誨孩子們的口吻勸我暫時不要再去育幼院。對院方不好、對我自己不好、對小孩子也不好。他說B和X、還有幾個更小的，都已經很依賴我了，可是他們是不應該依賴的。育幼院的小孩將來不可能有什麼人，什麼東西可以倚賴，他們只有自己。他們應該學習獨立，他們只能學習獨立。

我被說服了。其實不被說服也沒辦法。育幼院那扇門是不會再爲我而開了，只有社長的話可以拿來反覆說給自己聽。B不應該需要你。B不應該因你而改變。你離開了才眞正對她好。

那年春天，B寫信告訴我她第二次月考數學考六十七分。她沒有要我回院裡看她。只是告訴我這件事，並且祝我和她一樣學業進步。我又鎖上房門，趴在床上痛哭。一直哭到睡著。彷彿聽到B從後面追下樓梯的腳步聲而怵然醒來。那年夏天，B寄給我她小學畢業的照片，然後就消失在人海裡，杳無音訊……

我的另一分愛和夢想，則寄居在靠近辛亥隧道那頭。一過隧道就拉鈴下車，站牌對面是一排新蓋好卻荒涼空置的水泥房屋，旁邊有一條陡坡直上的巷子，走上去，記得左轉再右轉，將近盡頭處有一間尋常紅門小院落的兩層房子，裡面卻藏著一個極不尋常的國度。

七〇年代最末期，我當然無法預見日後我會在那個陡坡巷口遭遇一樁小小車禍，撞壞了萬華賊仔市買來的弓背跑車型腳踏車；我也完全無法預見有一天我會在暗夜裡獨自在那排荒涼灰晦公寓前冒雨等車，心中掙扎著要自己承認我畢竟不屬於那個國度，搭上車後，我摘下眼鏡擦拭噴濺在鏡片上的水珠霧氣，眼前迷濛一片，然後我決定遠離。

七〇年代最末期，我更不會預見到了九〇年代，這段愛與夢想，竟然化身成了記憶的戰場。大部分的人根本不記得這些，可是還記得的卻紛紛堅持別人應該記取什麼、遺忘什麼，甚至先入爲主地認定別人的記憶裡一定會對曾經擁有而後放棄的愛與夢想，作各種方便的扭曲、變形。我一直沒有忘卻這分愛與夢想，更不曾否認過，然而置身在衆聲的戰場裡，我愈來愈不敢信任自己的記憶了。

如果我的記憶還有效的話，我記得七〇年代末期，「三三」對很多人而言是一本文學雜誌，對我而言卻是一個大隱隱於市，卻又自給自足的城邦。自給自足的不是物質，而是意識、價値，以及一種烏托邦式的嚮往。

我已經不復能用言語形容，初次讀到胡蘭成《今生今世》時的震撼感動。雖然字字句句都能讀懂，可是字字句句都像是架在山谷間的一座座吊橋，引你不斷往下探視，探視那不可及不可測的碧潭深淵。其實沒有任何東西能夠證明底下的水不只是一波清澈池塘，你在被風颳得搖晃不已的吊橋上，想像那涼透脾胃的水溫。一種龐大向度、深奥結構的存在若隱若現，文字只是勉強露出的冰山尖。日後的閱讀經驗裡，只有李維史陀的《野性思維》、《憂鬱熱帶》曾給我類似感受。

從「大自然有意志與息」開始。我以爲自己在走一條溯溪的桃花小徑，要進到一座位置蹊蹺獨特的山裡。有一天登到山頂的話，可以將底下塵世一切的來龍去脈、枝節梗槩看得明明白白。而我明明白白聽見那山對我的聲聲招喚。一步步進入一個既陌生卻又似前世相熟的所在。

從「大自然的意志與息」開始，我們謙恭地學習中國文化。那時正是與中國有關的口號喊得最爲響亮的時代，我們不可能擺脫對中國的熱望綺想，卻又對宣傳的千篇一律內容極度不滿。坐在往景美方向疾馳的車上，我常常覺得自己正泅泳尋索一座島嶼，那個島上儲藏著「中國」所有精粹部分的寶藏。那個島、那座城邦，正是柏拉圖知識論中的最終「理型」，而現實不完美的中國只是它的不完美投影。

作為一個高中生，我其實不是太明白所有從編印雜誌到進行意識形態鬥爭的種種過程。我們扮演的比較接近是城邦中的凡俗市民，眞正活動的空間是有著嘈鬧市集氣味的淡水小鎮和麗水街的「星宿海書店」。我們在那裡努力聆聽大人們的話語（和去育幼院時完全相反的角色），努力閱讀、揣想大人們的異類思考，並且背背《老子》或自己去找唐君毅、牟宗三的書來狗啃一番，努力培養自己的「中國」氣質。

「三三」眞正吸引我們的，還有一種親近的浪漫情愫。我們從書、作品裡讀到大人們的互相告白，從而學習營造自己的愛戀與告白。找到一條可以浪漫而又自以為不俗的道路。一條少年強說愁的天眞道路。

只有極少極少的機會，我們爬上陡坡，懷抱敬謹的心情到城邦的聖殿禮拜。我還記得到朱老師家其實是件很拘束的事，坐在小小的客廳裡只有貓是我的保護。我喜歡抱著貓在膝上，用逗貓的動作來掩飾其實是手足無措的僵硬慌張。可是即使如此，卻從來不曾放棄、躲避去敲那扇尋常紅門的機會，一次次為敲一敲竟開出一個不尋常國度的感覺暗暗欣喜。

到七〇年代結束，我沒有眞正瞭解那種感覺的實在內容。八〇年才剛剛開始，乍然讀到楊澤的詩〈彷彿在君父的城邦〉，我愣楞於那一行行的句子如是精確地替我刻寫了想像中的那個城邦。我突然醒悟過來，原來長期以來我渴望著一個有君父高臨統治的環境，權威然而溫柔的君父……

宗廟相繼傾頹，朝代陸續誕生
我坐在被遺忘的河邊，目睹
另一個自己在長夜裡牽馬徘徊；
我背坐水涯，夢想河的
上游有不朽的智慧與愛
（那是，啊，我們長久失去了的
君父的城邦）
我背坐水涯，觀望猶豫：
沉痛感慨的詩行啊，莫非你就是
　我在詩人額上見證到的
一種顛沛困頓的愛……

八〇年代揭幕，三月美麗島軍法大審開庭。我在審理的言詞裡讀到我父親的憂苦。我開始懷疑，我和父親的隔絕也許有著比代溝更複雜、更深沉的理由。這個懷疑作起點，我一步步走離七〇年代，以及那個長久失去、彷彿拾回、卻又無從確知的君父城邦……

記憶與遺忘

人的記憶眞是件古怪的東西，妳說對不對？記憶與遺忘間的複雜辯證關係，可能是人生最迷人之處。它們會互相穿透、糾扭、背叛、擁抱、堆疊、抵消，乃至融混迷離，製造出種種悲喜。

一些以爲已經遺忘的卻在霎時閃過、莫名記起。最近曾經坐在一場學術研討會上，突然近乎無意識地信筆在紙面游走默寫出整段的詩：

你是未醒的睡蓮，是避暑的比目魚
是躑躅在豎琴上一閑散的無名指
在兩隻素手的初識，在玫瑰與響尾蛇之間
在麥場被秋日遺棄的午后
你確信自己就是那一甕不知悲哀的骨灰。

這是六〇年代最有名的組詩中的一段，也曾熱愛文學與詩的妳還能準確指出詩人和詩的名字嗎？我少年時代喜愛過，像背誦「中國文化基本教材」那樣，在暗夜裡繞著房間努力背過的。那種年紀曾經急切想讓美與高尚事務轉化、浸漬自己。覺得烙印進腦中，可以隨時召喚複製的文句是最直接的力量。意識底層有模糊的信念，以爲背進去的《論語》、《孟子》會在體內質變爲道德修養的氣涵；以爲背進去的詩可以熏染培養某種只可體認卻無從捕捉的美的本質。新儒家的道德論述，在神秘主義一路上，的確相當接近詩，尤其是浪漫時期拒絕解析、拒絕言詮的詩。

可是這種神秘主義、這些六〇年代頹唐的悲哀與憤怒，我明明在十年前便與之決裂了呀。討厭他們強烈的移植、買辦性格。不能忍受他們對周遭社會的冷漠、忽略。批判他們的虛矯、菁英主義的傲慢。將他們蓋棺敲進戒嚴殘骸的冷棺中。

幾乎整整十年不曾重翻過這本詩集。然而就這樣，台上的講者正用英語縷述物質與概念兩種取逕在文化人類學理論上的消長頡頏，我卻用方塊字開始寫「你是未醒的睡蓮」。而且寫完後，抬頭一瞥窗外北國冬季枯黃的凍原殘枝，我竟被「你確信自己就是那一甕不知悲哀的骨灰」的詩句逗引出心悸的歎息。

有些則是以爲從來沒有記得過的。

一年多前，我去參加一本文學雜誌的創刊會議，當在座諸人紛紛就如何在九〇年代重建台灣本土文學尊嚴發表高見時，我突然想起一首詩。詩開頭和結尾的三行都是：

我不是一隻老實的狗，我知道
因爲老實的狗是不吠的
在這樣漆黑的晚上。

詩中段是說這隻狗被主人戴上了口罩以免吵醒大家的美夢。然而

即使吠不出聲
我也必須吠，不斷地吠
在我心底深谷裡吠
從天黑一直吠到黎明。

回家後幾乎翻遍了舊日藏書，才在一本我其實並未認眞讀過的詩選裡找到這首詩。竟然就是會議主持人早年的作品。在我的印象裡，當年我非常不喜歡那本詩選。二十歲前的我欣賞詩的美學標準是徹徹底底、反對明快直截風格的。那時候我也不太可能會對這首〈狗〉留有多深刻的印象。沒有足以立即攫人耳目的文字錘鍊，所要諷喻的主題又太過明顯、缺乏歧義。我完全不能明瞭這隻吠不出聲卻堅持在心底吠的狗，是如何進入我的記憶，又如何在三千多個日子流逝後找到縫隙鑽冒出來。

也許是我現在開始理會到老實的狗都不吠的漆黑晚上有多麼駭人、又拖了多麼長罷。

還有些事則是總覺得會一輩子永誌存記的，然而卻在時間的反覆刷沖下褪色、模糊乃至縮蝕了。

妳知道嗎？刊載〈狗〉的那本選集是一九七九年出版的，而我則是在一九八〇年購讀的。一九八〇年，就是軍法大審那年，而這本集子題名爲《美麗島詩集》。那時節，所有叫「美麗島」的東西都讓人在驚怵中好奇探問。

我想起許多一九八〇年發生的事。尤其是和幾個高中死黨幾近瘋狂的少年失格行爲。像有一件很有趣很好笑的。我可能告訴過妳，也可能沒有。P偷香腸被逮的事。我們那時在校刊社鬼混。校刊社坐落在學校圍牆邊，緊鄰著老師宿舍。過年前不久的一個晴天下午，老師宿舍有人架了一根竹竿，一頭在自己房子的簷下，另一頭卻伸來搭上校刊社屋頂。竹竿上密密掛了好幾串香腸。

我們大家都被紅紅的肥滿形影逗出口腹以及惡戲的欲望。G和P於是疊起桌椅從天窗爬到屋頂上。我和H則攀在窗口把風。本來說只偷幾條的，不意G竟將整根竹竿都抽了過來，很難再架回去。我們正商量該如何連竹竿一起予以滅跡時，老師宿舍園子裡起了騷動。我和H、G及時躲回社裡，P慢了一步，失主已經氣呼呼地爬上來了。P爲了不讓事情牽連到校刊社和我們，很夠義氣地揮揮手要我們關上窗，一個人就逮。

P被帶到教師休息室裡飽受一頓指責。曬香腸的老師給他兩個選擇：記過或是找家長來。P藉上廁所名義出來和我們商量。選擇任何一樣懲罰對家教甚嚴的P都是後遺症太大的麻煩。這時H靈機一動，想出一步險招來。不選擇記過，卻也不找家長。找一個假的家長來。人選是附近眼鏡行的老闆娘。

妳知道我們在一起這幾個都戴眼鏡。而且都愛打籃球。所以三不五時就有人要上眼鏡行。我們都是集體行動，一去去一票人。七嘴八舌在裡面打屁。眼鏡行的老闆其實大不了我們多少，藝專才剛畢業。他和他媽媽常常都被我們逗得笑出眼淚來。而且他們店面又在我們搭車的路上，我們後來沒有要配眼鏡也會進去胡混個十分鐘什麼的。這樣的交情。我們一夥人狂奔到眼鏡行，準備要施出渾身解數來努力勸說。P甚至說不惜下跪懇求。沒想到老闆娘聽我們描述完狀況，很爽快就答應了。啊，我忘不了躲在窗外緊張地看P和眼鏡行老闆娘走進教師休息室時的激動。混雜了擔憂與看好戲的興奮。結果妳猜怎樣？老闆娘演出完美，非但沒有生疏、笑場，還很自然地交替表現出憤怒、傷心的表情，甚至數度作勢拍打P的肩膀。

不是每個人都有機會目擊這種眞實生活臨機的表演。太精采了。當然，現在想想，更不是每個人都有機會如此演出。不是嗎？難怪老闆娘欣然應允，而且出來時臉上燒著一層滿足的慈祥。

我忍不住想，眞實與謊言偶爾這樣挪置易位一下，其實也還不錯。生命已經很沉重了，那下午，一個假的母親角色卻可以讓P、香腸老師和老闆娘都獲得一點輕鬆的餘裕，不是嗎？

這件有趣的回憶不是眞正的重點。我想告訴妳的是，我在一九八〇年的往事裡遊走了好一陣子，直到一些別的事把我帶回現實，我都沒有想起妳。

不知道這算不算遺忘。以前從來不曾如此。我總是必須刻意逃躲、壓抑那不斷湧起的悲涼傷懷。關於妳、關於妳在台灣的最後一年。並不是說這些記憶消失了，而是它們不再自然主動地攻擊擾亂我的情緒，針刺般的冰銳緩和變鈍了，一些鮮麗炫目的畫面開始鋪上黑灰霧網。

一年多來，我數度猶豫考慮是不是該寫一分「一九八〇備忘錄」。需要記錄下來就表示有可能遺忘。「備忘」是個弔詭，以防遺忘往往正是準備遺忘的藉口。

我應該記錄些什麼？最容易遺忘的還是最不容易的？最容易遺忘的不正因爲最瑣碎，記它們作什麼？最不容易遺忘又何必備忘？在記憶、遺忘兩極拉鋸形成的漩渦中我掙扎著……

也許可以告訴妳一些妳從來都不知道的事，讓妳幫我存記。

第一件事是，那年和妳在一起時，我一直想寫一首詩，大詩、長詩，妳知道那種批評家說能夠彰顯探求生命存在本質的詩。而且還能掌握時代特性的詩。像「君不見黃河之水天上來，奔流到海不復回；君不見高堂明鏡悲白髮，朝如青絲暮成雪。人生得意須盡歡，莫使金樽空對月；天生我材必有用，千金散盡還復來。烹羊宰牛且為樂，會須一飲三百杯……」那樣的詩。

少年總是狂妄的，不過我原來還沒那麼不自量力。是妳給我那種存在宿命悲劇，死巷盡頭的感覺，才激起我的大詩念頭。妳知道我是耽讀六〇年代的無聊頹廢長大的。可是在眞實生活裡，十幾歲的少年眞能遇見多少存在上的無聊頹廢呢？讀完了〈大悲咒〉、〈野鴿子的黃昏〉，我們還是要進教室背英文單字、或翹課去搶籃球場。不管當時寫了多少傾洩苦澀憤恨難堪的誇張詩句，骨子裡其實終究不脫少年慣有的天眞樂觀，不曾眞正與宿命什麼的面面相覷。

是妳把我的生活和詩的頹唐無助扣連在一起。我開始天天放學去找妳時，距離妳辭職出國只有兩百天左右，妳那年廿八歲，剛結婚，先生先去美國，妳等他安頓好就要和他團聚。

我的宿命就是我知道我對妳的愛不可能有任何一般的愛的形式，而且只有這借來的兩百天。我很早很早就知道我的愛情會準確地終止在哪一天、哪一個時刻。妳搭上飛機遠離的那一刻。我的愛尙未開始、無從開始，卻已先知道結束。

這種生離比死別還難。正是因為我們還可以再見面。可是借來的時間裡的愛卻永遠不會回來。就是不一樣了。妳開始和那個男人形成一個生活，永遠不會再是借來時間裡和我交換許多秘密的那個人。

而且還有時代。我們的時代。來來來、來台大；去去去，去美國的時代。我知道妳再回到島上的機率甚小。而我，從稍早的中華民族主義情緒，到受軍法大審的震撼，都不能想像去異邦異鄉會妳的情景。

我就這樣像後來數著聯考日子般數著我們的愛斷裂終結的分分秒秒。有比這個更接近存在焦躁的嗎？有比這個更接近六〇年代的現代詩的嗎？如同咬嚼植物園裡偷採的青橄欖般我咬嚼詩人們的恫嚇：

「不解凍的時間，棘狀而膽汁，
我為冰内的魚類，透明而孤寂」

「我亦被日曆牌上一個死了很久的日期審視
在昨天與明日的兩扇門向兩邊拉開之際」

「總幻想春天來後可以卸掉雨衣
每死一次就蛻一層皮結果是更不快樂」

「告訴我，什麼叫記憶
如你曾在死亡的甜蜜中迷失自己
什麼叫記憶——如你熄去一盞燈
把自己埋葬在永恆的黑暗裡」

十幾年後，我才敢稱妳爲我的愛。至於那首詩我撕碎了幾十張稿紙也沒寫出一個段落來。我發現，詩與存在主義，完全無法描摹我一逝不回的愛情。

再告訴妳一件事。記得那天晚上，我最後一次見妳嗎？我第一次去妳家，坐在還有喜紅被罩的床邊。我們逃避未來只談許多過去。談得滿好的，不太有什麼感傷。要離開時，夜已經深了，至少是沒有機會等到公車了。妳本來說要陪我走出來叫計程車。我當然不肯。於是妳再三叮囑我不要走原路出通化街怕碰不到計程車，多轉兩個彎到後面的基隆路去。妳講了一次又一次，哪裡左轉哪裡右彎。我點頭略帶不耐煩地保證絕對沒有問題。

結果我眞的就在那些混亂的巷弄裡迷路了。徹徹底底搞不淸楚方向。而且一下子就把妳交代的路線忘得七零八落。不過反正是要叫車，我其實也不怎麼擔心、慌張，甚至還覺得有點好玩。一個念頭浮上來，我想，啊，明天應該告訴妳這件事，看我多自信多可笑，就當個笑話講罷。然後，一整晚辛苦建立的防線崩潰了。沒有明天了。明天一早妳就去了機場，去了高高的空中。我再也沒有機會跟妳講這件事了。沒、有、機、會。

我沒有停下腳步，可是我的感官完全對外界封閉了。無意識地走著。淚開始嘩啦啦地在臉上亂淹成一片。結束了、結束了，借來的時間。

妳起飛的那一剎那，我坐在敎室裡上國文課。我把錶脫了架擱在桌上，猜測在哪兩格間，我的愛情正式宣告死亡。然後假裝抄筆記，我趴在桌上給妳寫了一封信，告訴妳昨晚迷路的事。不能告訴妳這件事會是我一生最難排遣的遺憾，所以我非把它寫下來不可，雖然寫了還是不寄的。

然後呢?然後我把所有的頹廢無聊和對妳的愛一起埋葬，不是遺忘、不能遺忘，只是對自己宣佈閉幕，並且決定再也不見妳，不讓後來的妳混淆借來時間裡深深爲我所愛的妳。

妳一再問我爲什麼總逃避妳，十幾年來。那是因爲我還未遺忘借來時間裡的那個妳。也許再過一段時間，我不復記憶過去的一切，我會去充滿陽光的美國西海岸找妳。也許詩、頹廢無聊和對妳的愛，永遠無法遺忘。誰知道呢？

一九八〇備忘錄

❶ 怎麼能夠，擁有如許豐沛鬧熱的感情，而且充滿矛盾，十八歲的日子？

❷ 林青霞眞的和秦祥林訂婚了。有點讓人討厭。不喜歡秦祥林當然是原因之一。他欠缺悲劇性。要求「三廳電影」帶悲劇感是過分了些，可是至少可以不要像秦祥林那樣永遠蠢蠢地幸福著。「三廳電影」還是得給男女主角一些折磨，最後才能團圓完結。可惜劇情怎麼努力，好像就是折磨不到秦祥林。永遠那麼健康，隨時可以吃下三碗飯的模樣。

秦漢就不一樣。苦苦的，不太笑得出來，讓人相信愛情畢竟要付出一點代價。鄧光榮則是俗氣的流氓，你不會相信女主角那麼容易可以愛上他，不過你會相信要愛他必須有點勇氣，滿冒險的。

另外一個原因是討厭現實竟然抄襲二流電影。銀幕前和銀幕後同一個故事。那不就沒有「幕後」了嗎？要我們相信沒有另外一個「眞實的」林青霞？

我們眞是看了不少「三廳電影」，這一年「三廳電影」是我們執意過無意義生活重要的一環。學校裡愈是要我們認眞，我們愈是不想追求些什麼。甚至蹺課去看太好的電影，都嫌太認眞了。所以永遠是戲謔地走進中國戲院、大世界戲院、萬國戲院。

不過也許無意義只是我們的藉口？忘不了那次從「萬國」走出來，H突然重重地歎了一口氣，說：「唉，林青霞眞的好漂亮。」其他人當然叮叮咚咚地捶了他好一陣，笑他俗氣沒水準，可是同時大家好像都鬆了一口氣，至少我是。

我們其實努力在否認自己俗氣、無聊、沒水準地迷上了林青霞的事實。實在沒辦法堅決否認時，只好告訴自己，「眞實的」林青霞沒有電影裡那麼膚淺罷。

討厭的是，這種自我欺瞞被揭穿的感覺罷。

❸

迎接高三的來臨。把存留在校刊社的書籍陸續搬回家，大部分是詩集。H在練胡琴，W不斷鬧他，一再說：「國樂社的，不要隨地亂拉啦！」W愈鬧，H愈是得不斷換地方練習，W故意驚叫：「到處都被你拉遍了啦！」語出驚人，兩個留下來讀書的高三學長經過，忍不住探頭進來察看什麼東西拉了遍地都是。

我坐在已經不屬於我的主編位子上，翻開楊牧的《北斗行》，在扉頁上草草地寫：

註定要星散的，就不能
回到地上來
天空是無限廣無限遠無限光年
的離去與遺憾……

停下筆來，還在想下一段要不要寫下去，要如何寫，L站到我身後，看了這樣沒頭沒腦的句子，竟然拍拍我的肩頭說：「我們是兄弟，不是朋友。朋友久不見面會生疏，兄弟不會。隨時隨地都是熟悉的。」

收了筆，闔上詩集，我感動著。

❹

去麗水街「星宿海書店」，沒有人來。我獨自在二樓趺坐榻榻米上讀《李白詩全集》。劍氣與俠影，鏗鏗如金石相擊的音韻。讀了幾首，覺得捨不得再多讀下去，於是找來溫瑞安的《山河錄》稀釋一下。

讀到兩腿發麻，卻堅持不讓自己換姿勢。對自己總是無法盤腿久坐，有一種自卑感，決心咬牙練習。

不意Z上樓來，我匆忙起身，卻在她面前狼狽地跌了一大跤。

Z過來扶我，熱熱的手掌緊緊貼著我的肘，綠制服的短袖口劃過我的臉頰和耳際。我很想哈哈大笑自我解嘲一下，然而急遽加快的心跳讓我其他感官運作完全失靈。

Z也是一個人來。她說在學校聽說沙特逝世的消息，所以跑來找人談。沙特死了，提倡存在主義的人不再存在，這代表什麼？存在主義也談論不存在、虛無與死亡嗎？

我們一邊等著別人可能會來，一邊談了兩個小時的存在主義。大部分時候是我在講。存在先於本質。不存在就不能選擇，也就是人道哲學的終結。不需要捏造存在以外的超越意義。在這點上齊克果和他的上帝起了爭執。杜斯妥也夫斯基則是狂亂徘徊在信與不信之間。海德格把死滅簡化爲時間的變數……

可是我一直想起剛才那一跤的醜劣模樣，一直想著Z可能如何暗暗地嘲笑我，還想著從她手掌裡傳來的陌生的異性體溫。

因而覺得褻瀆。褻瀆了沙特、褻瀆了存在主義、褻瀆了燈下目光閃耀的Z。

5

暑假到來，炎熱無風的操場屬於我們。教室搬到一樓，看出去不再是窄窄的走廊，而是開闊的跑道。然而弔詭地，完全沒有想跑的念頭，連籃球也沒有那麼愛打了，因爲覺得自己老了，看高一高二學弟們那麼稚嫩。

更奇怪的是，剛考完大學返校來的學長，好像也比我們幼稚。他們的笑容，脫掉大盤帽後半長不短的頭髮，都讓我們不習慣。他們太快樂了。我們獨有高三的蒼涼與無奈。

❻

訓育組指定去參加北市文藝營。各高中校刊的編輯齊聚一堂。可是只有我們學校和北一女來的是升高三的，其他人家都是剛要接編校刊的下屆學生。

實在沒什麼道理派我們來，只是讓我們更覺得自己老。編輯、印刷的課程我們自認爲和講師知道得一樣多。至於文學，我們驕傲地炫耀著我們的獨特品味。

第一天晚上，我們幾個人就在達人女中操場後的山坡上聊到十二點多。聊宋澤萊最近的小說〈打牛湳村〉。我說我其實還比較喜歡他還叫廖偉峻時的作品。像〈嬰孩〉、像〈黃巢殺人八百萬〉。N指責我的文學品味還停留在皮毛的現代主義心理分析層次，是一種小資產階級式的自閉症，用美學來掩飾對大衆的不關心。我們爲了什麼叫「小資產階級」起了小小的爭執，很自然地又扯上了許南村評陳映眞的文章，以及鄉土文學論戰的是是非非。

後來C提起黃凡的〈賴索〉，換作是N和L的相持不下，N說〈賴索〉裡的韓先生影射的是邱永漢，L則認爲應該是廖文毅。他們兩人都對自己的看法百分之百篤定，誰也不讓步。偏偏另外包括我在內的三個人，都無從替他們平息爭端，因爲我們沒人曉得邱永漢和廖文毅究竟誰是誰。

N和L怏怏不歡而散，我們也只好回寢室去睡覺。沒想到第二天一早集會時，我們都被點名了。營主任M在台上宣佈我們的罪狀——「夜裡察鋪時不在床位上」。M要我們公開說明自己的去處。她一定以爲這樣會是有效的懲罰手段。我不客氣地上台講了三點：一、我們有回床位上睡覺，只是察鋪的人來的太早。二、營隊應該有讓大家眞正認識文學、討論文學的機會，營隊不提供機會，我們只好犧牲自己的睡眠時間。三、我們聊天討論的內容是什麼什麼什麼。

M不知道怎麼處置我們。只好叫我們下課到辦公室找她。其他學員用驚訝、羨慕的眼光看我們。他們一定搞不清楚我們在談什麼。

知識是最大的虛榮。我們都眞虛榮。

❼

M說對我印象深刻，盛氣凌人的一個小男生。而且別人都叫她「陳姐」，只有我總是連名帶姓叫。

我對她原本倒是沒有什麼深刻印象，甚至不記得自己怎樣稱呼她。她跟我講這件事時，我已經完全不對她用任何稱呼了。不願意連名帶姓，因爲太生疏。可是也不用「陳姐」，因爲顯得和其他人都一樣。

❽

M的辦公室在敦化北路上，回家的公車會經過，提早三站下車就可以去找她聊天。她那裡本來就會有許多學生進進出出，不過我愈來愈不像一般的學生。

第一次是M告訴我她辦公桌身後就有一道邊門，平常只有團主任在用。邊門進來左轉就只有主任室，右轉則是M所在的角落。主任都從那裡進出，這樣辦公室其他的人就不會曉得他什麼時候來什麼時候走。自由是職位能夠提供的最大權力。M建議我可以改用邊門進出。不必從大門進來接受其他同事詢問的眼光。

第二次是我沮喪地告訴她對這個社會的失望。我搭公車時看見一條小狗被綁在樹旁，一個可能只有小學三、四年級的男孩拿著竹竿興味盎然地戳打小狗，小狗的哀聲淒厲，努力閃躲的身影扭曲變形。我在公車停紅燈時結巴地拜託司機讓我下車，衝回去救小狗，怒氣沖沖地一把奪下小孩手中的竹竿，一邊痛罵：「沒教養的小孩，爲什麼要欺負小動物!?爲什麼沒有一點愛心!?」一邊忍不住把竹竿重重地戳在小孩的大腿、肩膀上，說：「人家這樣弄你你會不會痛？你會不會叫？這樣好玩嗎？還笑得出來嗎？」

小孩痛了、小孩叫了、小孩害怕了、小孩哭了、小孩跑走了。我頹然蹲在渾然搞不清楚發生什麼事的小狗旁邊，心絞痛著。爲什麼捨得欺負這樣幼小、毫無抵抗力的生命？可是剛才我的舉措，看在別人眼裡，是不是也是殘酷地欺負弱小？我該怎麼辦？這個有那麼多讓人看不慣的事接踵發生的社會……

M沒有安慰我，她沒有做到一個救國團大姐姐應該做的。她跟著我一起沮喪。她沮喪的理由是她和我一樣徬徨無力，不過她比我多徬徨無力了十一年。她直率地告訴我：「長大後你會知道，生活裡最難的是讓自己過得理直氣壯。如果你還想活得理直氣壯，千萬不要進公家機關。連一天都不要嘗試。」

講這些話時，她和我一樣都氣虛難過得懶得再去挺直腰桿，我們趴在桌子，把手墊在下巴底下，那樣近距離的四目相對。那種相濡以沫、不可能相忘於江湖的落拓感傷。

第三次是我去找M，聊到一半時，來了一位大學女生J。J剛畢業，剛考上大家羨慕的學校。M讓J坐在別的位子上等，繼續和我聊天，聽我講楚浮的電影《綠屋》。一個男人想盡辦法延續保留已經死去的愛。到後來保留的執念取代了愛。愛是方生方死方死方生的，本身並沒有耐性與韌性。要把愛留住，愛如果要通過時間的磨蝕，一定得經過某種轉化，可是愛一轉化就畸型了。我如是滔滔地分析自以爲對電影、對楚浮、對將來而未來的愛情的想法。

J等了一陣子等不下去了，就寫了一張紙條，簡單地說大學很有趣，可以找到更多時間寫作。她最近寫了一篇關於「自殺」的小說去參加聯合報小說獎，等等。紙條遞給M之後，J就瀟灑地擺擺手走了。

沒想到下一回我去找M時，湊巧遇到有附中學生來找她，問她關於校刊怎麼編一類的事。M一樣示意我坐在對面座位上等她。等了十幾分鐘，我也學J一樣，拿出書包裡的白報紙，幾乎是毫不思索地就寫：

「我想這是報應。我沒有權利插隊，後來的就應該要等。可是我不想等了。這樣的等待是可笑的。」

我故意把白報紙撕得參差不齊，又折得密密實實的放在M的桌子。我完全不看她的眼光，我知道她會留我，可是我不要給她留我的機會。我沒辦法像J那樣依然愉快地擺擺手。我拎起書包帽子就闖了出去。

我憤怒。我嫉妒。我生氣原來我並沒有任何特權。在其他事情上，我信奉公平。然而對M，我開始要求特權。

❾

M開始上補習班補GRE。雖然學校申請還在進行，她出國的日子卻已斬金截鐵。一九八一年三月，距離我聯考一百天。

M六點半搭公車去上課剛好可以趕上。所以我幾乎每天陪她在辦公室耗掉下班到六點半之間的時間。她的同事差不多都走光了，偌大的辦公室只剩下她所在的角落還亮著花白寂冷的日光燈。

其實也不是眞的有那麼多話可以說。有時候我出賣死黨們的戀愛故事，有時候我帶各種的詩刊詩集給她。上面有我前一兩年寫的詩。我沒告訴她哪些筆名其實都是我。她也完全沒有懷疑，完全沒有猜到過。

詩和人原來可以純然是兩回事。沒有辦法由認識我的人而辨識我的詩。這樣我還能聲稱這些詩是「我的」嗎?詩與我的關係到底是什麼?我迷惘了。

她終於提到一首詩，是我寫的，而且她喜歡。她說那首題名爲〈獨居〉的詩，很神秘而且很溫柔。

夜來的樹林
竟然有岸有波有急流也有漩渦
一層層的風捲起一層層
水般迷離的模擬
因爲妳去了河湄

妳去了河湄
山中的岩石彷彿
也都塗染了魚兒與水草
嬉玩的圖樣
我等待著一聲歡娛的驚呼

我等待著妳的驚呼
在河湄想起魚兒與水草
與斜影日光下鱗鱗頁頁的碎點金黃

妳的笑聲與水流淙淙押韻
菅芒草努力爆放無數的毛花
菅芒草無數的毛花
提醒我，獨居山中的事實
而妳早已去了河湄
妳離去的手勢其實如此明確
如樹林裡夜來後不容自欺的
全然黑暗……

她當然不知道，這首詩眞正模擬的，既不是樹林、也不是水湄，而是我與她的別離。她就要去了美國和丈夫團聚，我只能留在台灣，至少留到讀完大學服完兵役。不，事實上是要留一輩子，因爲她去了的那個美國，只屬於她和她丈夫，沒有我的位置。

她眞的讀出什麼嗎？我不知道。

我只知道沮喪，以及「全然黑暗」即將來臨的恐懼。

⑩

我們從來不一起吃飯。我總是說不餓，說沒有習慣太早吃晚餐。兩個人空著肚子聊到六點半。她也說沒有胃口。可是六點半之後她還得上課，到九點四十五分之前沒有辦法吃東西。

飢餓的感覺。胃裡空虛的感覺。將她送上車後，我總是走路回家，二十分鐘的前心貼後背。從來沒有那麼餓過。這種餓法和平常經歷過的完全都不同。飢餓裡有一種無法明說的意義。我享受著這短暫的，肉體上靈魂上思想上三合一的飢餓。到家後立即急急吞食媽媽特別準備的一大盤炒飯。

她應該也餓著。這是我唯一能帶給她的折磨，我捨不得放棄。

⑪

沒有直接回家的時候，就沿著棒球場的牆邊走到體育場去。我知道從哪裡可以偷溜進棒球場和體育場。曾經想過帶M到棒球場的左外野草地上聊天，甚至可以躺下來看天空中雲的變化。太文明的台北趕走了星星，可是卻格外適合觀賞雲影。各個角落反射的或強或弱或白或黃光線，把雲映襯成立體的舞台，比白天時的陽光青天多了一分詭譎惡戲的神秘猙獰。

不過一直到她出國，我沒有辦法啓口要求。可悲的是，我甚至不能適應在太小或太大的空間裡和M獨處。太小或太大的空間給人太多想像的可能，年少的我膽小地逃避著這些愛情的可能。

我的愛以極其懦弱、極其有限的形式反覆迴旋著，沒有進展。

我獨自走在左外野，或體育場空蕩蕩的看台上。我可以盡情地唱歌，用自己覺得最舒服的音量，在聲音裡加足加滿最多的感情，不必擔心別人聽到。

最常唱的是《萬世巨星》的主題曲“I Don't Know How to Love Him”，不過我總是把歌詞裡陽性的 he，him 改成 she，her。我不知道如何愛她，我不知道怎樣能夠感動她。She is a girl, she's just a girl, and I had so many girls before, in every many way。……我想著我自以爲曾經愛過、或愛過我的女孩，愈發地對M感到困惱與疑惑……Should I bring her down？Should I scream and shout？Should I speak of love, let my feelings out？……一連串的問題，一句疊一句難耐的激烈情愫。我眞的想尖叫與吶喊，

眞的想釋放被禁錮被壓扁被扭折被一再錘打的感覺。

可是我不能，我頂多只能用難聽的假聲拚命唱出歌中的最高音來。

另外還唱“You Light Up My Life”，妳照亮我的生命，黛比潘的歌，又是一首非常女性的歌，可是竟然如此切近我的心情。多少的夜裡我在窗邊獨坐，等待著有人帶給我她的歌，多少的夢被我深藏，孤單在黑暗，然而如今妳來了……最庸俗的歌詞，被陌生異國的語言轉介後，剛好可以借來排解自己其實是最庸俗的感情……我如是自棄地放縱與墮落著……

⓬

不驚醒空氣，不觸碰肌膚
我消失在你的髮叢裡，慢慢的
我溶入你的雙眼，化成一陣朦朧的輕霧
慢慢的，爲你掩上了兩扇小小的窗
……

再次讀羅青的《吃西瓜的方法》，收到E的信之後。

E有一種太過明朗、太過健康寫實的味道，她整個人都是，所以她喜歡羅青的詩。余光中說羅青是「新現代詩的起點」，我和N討論過。我們一致的感覺是有點失望。羅青的詩是很特別，因爲有幽默感、有輕盈的調子和無傷大雅的賴皮，和我們所熟知的六〇年代的詩很不一樣。可是我們還是寧可讓詩彆扭、讓詩陰鬱、讓詩像一個愛著卻不知如何表達愛的少年一般，陰晴不定、暴烈與懦弱與溫柔與瘖瘂與狂亂，同時並存。在焦躁、苦惱的深淵裡，我們唯一不需要的就是幽默感。我們負擔不起幽默感。

E不能瞭解這些。她崇拜著羅青。她主編的校刊特別選擇羅青作訪問。她又求又哄又騙要我陪她去訪問。訪問過程中我幾乎未發一言，冷冷地坐在角落看羅青與E神采飛揚的模樣。我未發一言。太流暢的語言、太清晰的概念、太快樂的表情，讓我感受不到詩，甚至覺得，詩被背叛了。

E不能瞭解這些。她的甜美、她的好脾氣、她工整正楷如書法習作般的信，都和這些格格不入。我不再理她了。

她寫來長信表達傷痛。可是連她的痛楚都是中規中矩的，這裡面其實沒有悲劇。至少少年的我認爲沒有悲劇。可是我自己卻沉浸在悲劇裡，無暇照顧她的情緒。

我對M的悲劇的愛。

讀E的長信時，我並不覺得傷痛。一個星期之後，在《深淵》裡讀著「去年的雪可曾記得那些粗暴的腳印？」，讀著：

你是一條河
你是一莖草
你是任何腳印都不記得的，去年的雪
你是芬芳，芬芳的鞋子

這樣的詩句引我想起E，於是悲從中來，無可抑扼地哭了。

⓭

有可恥的想法在我心底盤桓著。M走了之後，我還得活下去。我竟然還得活下去。沒有勇氣死去，也不甘心死去。因爲花了那麼多力氣準備的聯考還沒到來，還沒結束。不甘心浪費，荒謬卻又事實。

我還得活下去，所以就必須有除了M以外，活下去的理由。一個代替她的理由。一個代替她的女孩。

補習班裡有一個女孩，看起來就像十一年前的M。十一年前的M，高中時代的M，我並不認識，我只是想像。突然之間，在困窮中，我非常需要想像，依賴想像。

想像著也許可以認識十一年前的M。認識十一年前的M的代替品。這樣今日的M走了，我可以把對她的感情，移轉到十一年前的M的代替品上去。

不過，那樣的感情，是眞的，還是代替的贗品？

星期五下午，蹺了課提早去找M。窗外的天還坦坦白白地亮著，不像一般時日的傍晚薄晦。我一轉頭就看見在M他們辦公室的大門口，有一個賣烤玉米的攤子，攤上等著要買烤玉米的，赫然就是那個被我目爲是她的代替品的女孩。

十一年前十一年後的M，眞實與贗品的M，遠近重疊著。我忍不住追出來確認一下那個女孩到底跟M有多像。她已經走了。我被自己可恥的想法癱軟了雙足，不能也不敢再回到M的身邊去，就在玉米攤邊人行道的冰鐵椅子上坐了半個小時。

我不知道M有沒有看到我？有沒有看到那個買烤玉米的女孩？

⓮

上國文課，國文老師I勃然大怒。他生氣是有道理的，他一定累積了太多的委屈。

他是學校裡公認最好的男老師，年輕俊美，刻著深深雙眼皮的眼睛，比我認識的任何一個女孩的都迷人。個子雖然有點小，可是充滿一股別人無從模仿的英氣。對中國眞情熱愛、學問淵博、聲音清亮清晰。

他以前總是教甲組班，總是教得他們既像他一樣熱愛中國文化，同時還能在聯考中取得優異成績。

我們這一屆比較特別一些。考進來那年爆發了培元補習班的洩題案，只好用超額錄取的方式補救。到了高三果然出現了些不知該如何解釋的奇特現象。被視爲「二等資質」才去考的乙丁組班級，從往常最多兩班爆增到四班。學校決定把I調來應付多增加出來的兩班文組國文。

I一定覺得挫折感深重。他在理組班上獲得認同與支持的教法作法，在我們身上似乎都失靈了。我們非但沒有應和他以身作則七點到校的精神，提早來自習用功，甚至繼續以大量的比例在朝會中缺席。總也有一些人毫不避諱地濫用他聲稱絕不點名的信任好意，大大方方地蹺課。

這次更過分的是，他當場抓到他最欣賞的學生，上星期已經蹺過兩次課的，即使坐在教室裡也完全沒有在聽課。

他從我桌上搶走一張正一次次刻寫著M的名字的白報紙，近乎失態地逼問我那是誰的名字，然後在講台上把白報紙撕成碎片，還把碎片揉成一團，塞進他自己的提包裡。

我和他怒目對視。可是我明明白白知道我自己的憤怒是假的。他完全沒有激起我反抗權威的情緒。只是他製造了荒唐局面逼得我不得不如此扮演。

多年之後，我從許多藝文界人士處聽來許多關於I的傳言，我確定他也不是眞正生氣。他是用誇張的嫉妒形式，在表達他對我的愛。

我其實是感動與感激的。

⑮

看了兩部電影，一部永遠忘不了，一部恨不得完全忘掉。

寒假中，M辦了一次文藝營的團聚會，我竟然笨到會去參加。大家一起去「國賓」看星際大戰第二集《帝國大反撲》。在人群裡，M是一個無懈可擊的救國團少年文藝主管，我是一個典型的高中文學少年。僅此而已。電影則是大家正正經經扮演中規中矩角色的索然背景。索然無味。

第二天自己去看了Allen Parker的《名揚四海》（*Fame*）。講的就是一群人如何學習在舞台上扮演不是自己的角色的故事。難過得不得了。他們爲了舞台上的輝煌而扮演，而壓抑眞實際遇裡悲多於喜的事實，我又是爲了什麼扮演？

這部電影竟然沒有成爲影史的經典作，是我心頭永恆的創痛與遺憾。

⓰

一九八一年來了。聯考來了。M走了。

想起瘂弦〈如歌的行板〉裡的最後四行：

而既被目爲一條河總得繼續流下去的
世界老這樣總這樣：——
觀音在遠遠的山上
罌粟在罌粟的田裡

Dear You……

Dear You‥

近日持續著奇怪的衝動，想從夢中偷取東西出來。

最早是一隻毛絨絨的小動物，眼神裡有著悲哀與幸福不協調的混合，也許也不能算是混合，而是折衷。就是從悲哀出發，找好往幸福的方向，拚命走拚命走，卻只走到中點就精疲力盡地停止了。有點神秘罷，妳不會只看到那個中點，而是看到朝悲哀與幸福兩個端點延伸的暗示，還看到精疲力盡，連感覺的力氣都放光了那樣。

我抱著牠，開始是想要弄清楚到底是悲哀還是幸福，後來發現好像更應該先弄清楚到底是狗還是貓。可能是狗也可能是貓，細瘦的骨架、柔柔沒有什麼條理可循的肌肉，眞的沒辦法判斷。

我抱著牠走向光亮的所在，可是路燈很高，我只能一直從暗處走向微亮處，原以爲再走一步就會更亮一點，誰知道又換成一吋吋暗了。於是突然想，如果能把牠偷走就好了。偷出去就能夠看得清楚了。我沒有去想自己到底在哪裡，也完全沒有意識到要偷到什麼樣的外面去，就只是一味地沉溺在偷竊的緊張與興奮裡。

醒來之後，才曉得原來是要向夢的轄區行竊。把夢的模糊換作現實的清楚。

然後接連好幾夜，看到不一樣的東西，卻有一樣的衝動。各種稀奇古怪的東西。昨晚甚至想偷一分情緒出來。我夢見自己一如往常在天黑透了之後，才搭零東要回家。公車飛快地行駛在敦化北路上，快到看不見樟樹枝葉碎而詭魅的暗影。這一切都和日常生活沒有兩樣。只有將到民生東路口時，路燈突然從原本的白花花變成橘紅的，像天文書上說的金星的顏色。一串數十顆金星懸掛在天上替我們的公車照亮前路。轉彎的那一剎那，一種感覺猛湧上來，我當下顧不得平衡急急起身向前衝，我不是要下車，在夢裡我就很明白，我是要衝出夢境，帶著那分從不曾來過也無論如何不會重現的感覺偷渡出夢。

我當然沒有成功。醒來伴隨我的只有類似失風般的沮喪與羞赧。我無法再逃避了，我必須想清楚，給自己如同犯罪般偷偷摸摸、倉倉皇皇的舉措一個解釋。

想了很久，想到了妳，Dear You，會不會眞正想從夢裡偷出來的是妳？把妳由夢裡偷出來，那麼一切依舊混沌渾噩難清難明的事物景況，不都可以有答案了嗎？可是我卻連在夢中都不曾夢見妳。想到這個事實，我變得比原先更沮喪更羞赧了……

●

那年，我瘋狂地寫了一大批以「Dear You」開頭，這樣的書信。從十六歲寫到十七歲半。這些信大部分用HB的硬心鉛筆，刻著細如蠅頭的字體，寫在八開大的白報紙上。白報紙是從校刊社裡幹來的，本來的「正常用途」應該要拿去印公假單，印好密密麻麻的格子之後，每個想請公假的人一早就把自己的姓名班級座號填好，一張足可以替全社編輯請整天公假都還有餘。我們顯然是嚴重地高估了公假單需要的消耗量，申請來的白報紙剩了一疊又一疊在庶務櫃裡。我就動用當社長兼主編的特權挪來作計算紙，及寫信。

字和紙張簡直不成比例，可能需要四、五千字才填得滿一張紙。所以寫完一封信，底下就又接上另一個開頭「Dear You」及另一封信。有的紙上密密麻麻寫了二十幾個「Dear You」。

這些信現在都還躺在舊家的抽屜裡，像一堆曾經囂張炫耀過，而今卻安份守己耐心等待挖掘的考古遺物，記憶與生命故事的遺跡。因爲沒有地址好奇，那個收信人只活在我心裡，不，她死在我心裡。

這些信當然從來沒有寄出去過。因爲沒有地址好奇，那個收信人只活在我心裡，

眞的不了解年少時候的自己，爲什麼需要那麼多悲愴與愁涼。彷彿只有在淒哀的悲劇氣氛裡，才能找到眞正的美麗。這是專屬那個時代的早熟深沉？還是少年浪漫的普遍特質？我眞的不了解。

我只知道那時節的自己，幻想認識一個女孩子，一位最單純最甜麗最善體人意的少女。然而認識時她已經罹患絕症。只能陪著日益衰病的她走過短短的路程，終點到了我們就下車。不，她就下車了，我留在生命的車上繼續聽著總也不肯停熄的引擎轟隆轟隆、轟隆轟隆。

想像中她長眠在觀音山。因爲觀音山是我唯一知道有墓園的地方。我從淡水坐渡船遠眺觀音山。我一次又一次獨自去爬觀音山。有一段石級是我最熟悉的，拾級而上時，我默默地幻想她的一生，儘可能塡補從小到大所有遭遇的每一分細節。石級到頂後，離墓園大約還有十分鐘的斜坡路。我一定停在石級盡頭，不會再往上走任何一步。細細的汗珠急急地從每一顆毛孔裡爬出來，涼涼的風則急著在它們匯流前將它們收乾。

那風格外的乾而且涼，像是沾過石灰粉的手掌，令人難忘。吹了一陣風，我再循原路走下山，沿路看遠方的淡水河和台北市小小的火柴盒房子。

我給了她一個名字。可是無論如何頻密激動地呼喚，那名字都不像眞的。不像風吹來的感覺那麼眞實。比風還要空洞的名字愈叫愈令人心虛與心慌。所以下筆寫的時候就只剩下「Dear You」，這樣一個單瘦而且不符合英文使用慣例的書信開頭。

●

Dear You：

今日我明白了，文學之於我的生命的意義。不同的形式反映著不同的陰暗劣質。在書裡讀到：「文學應該發源於不能不寫的衝動，說得俗一點，要有那種『不寫會死』的迫切強度，寫出來的才會是好的，成人的文學。」「不寫會死」的感覺，這我是有的，不騙妳。不過接著書裡卻又說：「文學可以滌淨人心，如同掃除汙塵般掃除邪魔的念頭，讓社會清明淨好」。這我就不能同意了，或者應該謙虛地說，我就做不到了。

我清楚看透了，之於我，詩是耽溺、小說是報復，散文則是無望的發洩。

愛情初乍來襲時，我殷勤寫詩。

這次離開時
陽光沒有驚擾
手銬腳鐐
如往昔朝南
靜坐並且散放冷冷的
金屬甜音
獄卒們繼續擁坐在樓塔高處
爲著如何編寫一首
完美的宣傳歌曲而飲酒
打以靈魂麻木程度爲賭注的小牌
他們全都不認識浮士德

這次離開時
浮士德打著盹我也沒吵醒他

因著妳的笑容
這次我離開囚禁心情
而陽光依然靜靜閃耀……

我可以寫上千行這樣的詩句歌頌愛情，同時咀咒我所討厭的學校規條與教官，雖然事實上我已經因爲編校刊而享有太多的例外空間了。可是我總是不滿足，詩就成了耽溺的工具……。

●

關於「Dear You」的故事，我只告訴過M。M那時候在救國團負責學校文藝事務，每天下午放學後，我就去找她聊天。她整整大我十一歲，已婚，卻隻身在台北，因爲老家在嘉義，先生又先去了美國留學唸書。

我告訴M，我最喜愛的一個女孩已經死去，我會持續給她寫信，但再也不會見到她。然後告訴M，從認識「Dear You」到她死去到觀音山的種種。M沉默著，用一種明確的大姊姊的包容神情傾聽著，什麼也沒說。

她甚至沒有安慰我。「不需要太難過」一類的話她從來不曾啓口說過。等到我年長些（像M當年傾聽我編造故事的年齡），我幾乎可以肯定，M沒有相信「Dear You」的故事。十七歲的我還不會寫形式華麗、角色複雜的小說，更不懂得如何把情節經營得如實可信。她一定看穿了整個故事從各類小說、連續劇裡抄襲來的廉價感傷。少年的感傷無論再怎麼眞切，在成人眼裡畢竟都是廉價的。成人只在乎你是不是眞的經驗過什麼可泣可痛可狂可亂的事件。沒有事件、沒有經驗，情緒就都是假的，成人長大了都是這樣以爲。於是傷感的少年只好去虛構、想像事件來替自己的情緒辯護，結果是拙劣的虛構、想像，看在成人眼裡，更坐實了廉價的性質。如是循環。

M即將離開台灣，飛去和丈夫會合之前幾天，我們併肩走在棒球場的周圍牆邊。她突然問起「Dear You」的種種。我把故事原原本本重新再講了一遍。這次她卻感動得哭了。坐在敦化北路人行道的鐵椅上很專心地哭。我覺得，我知道，應該哭的是我才對。可是在空盪盪的馬路上，我拘謹得哭不出來。夜晚的天氣很怪，空盪盪的整片空間裡沒有一絲絲的風，然而也沒有鬱悶的濕重壓力，就是空空地感覺不到什麼。非常純粹的空盪盪。

去了另一個世界的，就不可能再見面了。Dear You，Dear You。

Dear You：

我一直在做著很糟糕、很壞的事。我一直寫著一篇篇的小說。

兩年前寫的小說〈約會〉在報紙上刊登出來了，稿費兩千四百元整，爸媽都很驚訝，我一口氣能賺這麼大一筆錢。他們不辭辛勞跑到報社去替我買過時的報紙回來，一分交給我自己收藏，一分他們輪流讀著。我臉燙紅著，不敢再讀一次那篇小說。我沒有忘記小說裡寫了什麼。更沒有忘記是在什麼狀況下寫的。

學校裡大家都在傳言Y和S非常要好的時候，而且我親耳聽F說Y和S週末常常一起在學校打籃球。除了妳之外，Y是我最在乎的，妳知道。寒流來襲最冷最冷的冬天，我惡毒地把Y寫成一個年近三十的女子，渴望愛情，卻又現實得無法眞正承受浪漫的過程。我甚至在小說裡穿插了Y和S如何分手的插曲。

除了報復，我想不出其他解釋寫出這篇小說的理由，如果說虛構只是爲了對抗現實的挫敗，我是不是眞的褻瀆了，而且繼續在褻瀆文學？

我想砍掉自己還在一字字寫著小說的手，Dear You。

我想少年的我是擅於撒謊的吧。許多學校裡對於「好學生」的要求，一直都不曾眞正內化成爲我衷心不可違抗的道德指令，我一貫地看不起中規中矩模樣的「好學生」。我喜歡在日記裡說謊，編出一套和別人都不一樣的生活。尤其是那種要交給老師批改的日記，尤其是寒暑假時的日記，一口氣寫一大疊，交去之後老師根本不可能眞正有耐心從頭讀到尾。國二寒假，我沉迷於一次次反覆聽楊弦的唱片，也是那一年，亞東女籃隊新的中鋒漂亮得令人驚豔，她本來叫馬娜，後來改名叫馬莉娜。於是我在日記裡寫著如何如何到替楊弦出唱片的洪建全基金會圖書館裡，看見楊弦正在譜第二張唱片裡楊牧的詩。我的日記裡馬娜變成過年就會來我們家玩的大姊姊。老師可能不曉得楊弦是誰，馬娜是誰，更有可能是她一頁都沒有讀進去過。

寫慣了這種作業式的日記，我變得沒有辦法寫「眞正的」日記。眞實的生活充滿了不值得一記的瑣碎活動與情緒。更可怕的是眞實生活，有一大堆自己不願意去面對的尷尬挫折。如果硬要強迫自己按日寫實的話，過不了多久，我一定會偷懶停筆。先是停筆一天，到第二天再補記。接著是停筆兩天，無法補記補寫的部分就讓它去罷。不用多久就會完全忘卻寫日記這麼一回事。

會讓我殷勤熱切寫下去的，是摻雜著眞實與虛構想像的篇章。形式上是日記，寫作的態度則接近小說，至於精神呢，恐怕是一種自我欺瞞的滿足罷。

我需要比日記更強、更激切的文類。我需要一個不會嘲笑我、完全接受包容我的聽者，才有辦法眞正告白。（我自己是多麼糟糕的告白對象啊，我聽得到自己意識底層對挫折、懦弱、敗德、貪婪、窘迫、退卻的惡評與不屑，告白者我無法信任聆聽者我，這樣的困局啊。）這麼多年之後，我終於明瞭，少年的自己虛構了「Dear You」，爲了要叫這「Dear You」承受無法擺放在其他處所的、沉重的眞實。

●

Dear You：

半生之後，我們重逢在小鎮的糕餅店裡
粗樸樸的麵粉塵味和我們的年齡互相押韻
甜膩是太多苦澀累積後
不得已的生命哲學

至於該說的話，已經像巧克力一般濃黑濁重了
剩下來的，剩下來的
還好有奶油色的眼白是新鮮的……

這最後一首詩寫來給妳。暫時不會再給妳寫信了。因為我已經疲於眞實。眞實教我精疲力竭了。暫時再會了，Dear You。等我恢復可以再面對眞實的勇氣與力氣。也許一天也許一個月也許一年也許十年也許就是詩裡講的半生。等待重逢。Dear You。

綉有蓮花的一方手帕

每次回花蓮，總有一份漂晃、流浪的感覺環繞，與一般認定返鄉應有的安穩預期頡頏對峙，在弔詭矛盾中沖激著我自己無法充分掌握的意義叢結。徘徊踱走在原來豎有白燈塔的港邊，我倏地發現自己不斷地在扣問：「這是什麼？那是什麼？」即使眼中存有的對象不外是湛藍的太平洋，人工排砌線條筆直無疵的堤岸，頂多加上或白軟或灰重的雲影。明明是再熟悉不過的東西，竟一再引我疑問，甚至在體內製造類似暈眩過度欲嘔不適的生理反應。

●

我想我是不喜歡流浪的。流浪當然有其極爲羅曼蒂克的魅力，然而那種在陌生境遇裡慌慌然不知道下一刻行腳何處的印象，總讓我驚懼。大概是太接近生命實存境遇的關係罷。

海德格主張，存在主義整套問題追索的本源，起自於生命的「被擲性」（thrown-ness）。我們都是被無從預見、無法控制的力量「抛擲」到一個特定時空裡的。爲什麼是這個時空定點而不是另一點，這中間根本沒有道理可以完滿解釋。

因此生命存在並不是像神學裡講的那樣，由神安排置放的。既然我們窮究智力也看不出神的意旨有什麼條理規律，所以只能說生命際遇的初始，其實是比較接近沒有明確設計的「抛擲」結果。

不管人的能力大到可以改變什麼、創造什麼，這分「被擲」的莫可奈何是最終、不變的枷鎖。然而儘管是出生之前便已註定了的莫可奈何，卻總還是有人不甘心，總也不放棄對「我爲什麼是我」這種形式上沒有意義的問題苦苦強求、苦苦追問，惹出一部充滿自欺欺人謊言的哲學史來。

●

至於不懂哲學的人，對「被擲性」存在悲劇的反應往往表現在不斷地想抓住些不動的什麼，努力佈置一個不會再被抛擲出去的環境。

「故鄉情結」是人給自己釘的一根原點樁。說服自己說在這片潮汐洶湧難測、高下地形瞬息改易的紅塵海洋，我們是有備而來的。有一條無形的繩索從一根叫「故鄉」的原點樁上拉出來。我們至少可以循線找回去，找到一個沒有動過的地方。

只有極少數的人反其道而行。要拒絕「被擲性」的要脅恐嚇，唯一的方法是使「被擲」成爲生命的常態、本質，他們如是認爲。因此他們不要任何不動的幻影，他們把活著的分分秒秒都焠煉成哲學式的不定、模稜，抹去時間的標示、空間的方向，任何可以作指標的質素，就這麼飄著飄著。選擇這種生命情調的人，是眞正的流浪者。赫塞在《流浪者之歌》裡寫年輕時代的佛者悉達多，就是嘗試要掌握這種流浪者的原型。

有些人喜歡不斷在空間中移位，觀玩異質景物。這種充其量只能叫做旅行者，不是流浪者。我不但不是個流浪者，甚至也不頂愛旅行。

●

一部科幻經典電影叫《靜靜的航行》。講一個人離群索居，帶著兩個機器人和一堆植物在太空中漫無目的地航行。他拒絕了地球要他返航的呼叫，寧可和植物、機器人相處也不要面對複雜的人間社會。

他和機器人之間有一種奇妙的感情。事實上是觀衆會對能夠做許多事，彷彿介於有情與無情間的機器人，產生很難形容的喜愛、疼惜。中間一段情節裡壞去了一個機器人，讓人心底爲之一痛，難以輕易釋懷。

電影最終的結局是主角也死了，留下孤伶伶的一個機器人，繼續辛勤地照顧太空船裡的植物，永無盡頭地在宇宙無垠處航去。

每每想起電影最後一幕，我總要起一夜的疙瘩。眞是把流浪哲學背後深沉的悲劇性逼到極點了。人的流浪還有死亡作爲終點（或者是段落？），永恆其實是很令人沮喪的一種威脅。尤其是我們還能給流浪賦予各種意義，機器人呢？看似有覺的外表底下會不會藏著顆最最孤寂徬徨、最最純粹不添加任何意義的流浪的心？

●

花蓮給我流浪般的愁沮。剛開始猜想可能是因爲長途旅程的關係罷。小時候北迴鐵路還沒有開，也未曾有濱海公路，從北宜公路接蘇花公路是唯一的通道。單程一趟大約要八小時左右，淸晨就得出發才能趕在黃昏前開到，彎彎轉轉、轉轉彎彎，彷彿會天長地久一直盪下去的搖搖晃晃。

可能因爲這樣，大部分時間裡，花蓮的一草一木，看在我尙未恢復平衡的眼睛裡，都是顫抖亂跳，好像隨時會逃走消失一般。整座城，甚至連港內的花崗山和港外的太平洋，似乎僅僅是暫棲在那裡，等待出發。

然而它們會跑到哪裡去呢？一個未知、反次元的空間？還是根本就是海市蜃樓幻影自然地不再存在？這樣的問題難免令人頭痛。

●

不過最近卻想，也許是因爲花蓮提醒了我，不管多麼不喜歡流浪，我的認同、身分其實從未由流浪的處境中獲釋的事實？

我總是習慣說「回花蓮」，不過嚴格來說，這個「回」字下得有點勉強。跟著爸媽家人當然是這樣說，和我自身卻搭不上密實厚紮的關係。不管有沒有確實記憶，姊姊們至少都是在花蓮出生的，我則是爸媽遷來台北後的產物，從來就沒有居住過花蓮。

花蓮我是認識的，幾條大馬路怎麼通、明禮明義明廉明恥幾座學校坐落何方。可是我說不出來祖父在哪家店舖買酒、叔叔在哪裡遇見嬸嬸開始戀愛。也指不出那間油行的外甥現在在黃昏市場哪個攤位賣生魚片；描述不來那家計程車行最早購進創業的三輪車有著什麼顏色的雨棚。

我很少說自己是花蓮人。我對花蓮的感情裡嚴重缺乏時間縱深。我雖然「回花蓮」，卻遲遲不敢理直氣壯地稱自己是花蓮人。

那我到底是哪裡人？可能比較接近台北人罷。大學畢業當兵前，廿二年的時間都耗在馬路網路比親族關係複雜的都市裡。我最初的愛戀情仇、挫抑成就、興奮哀愁，我的童年、少年、青少年、青年初期。

然而很多人都不認爲台北可以作爲宣稱自我歸屬的故鄉。跟人家說是台北人，十次大概九次會遇上追加的補充說明：「我的意思是你家鄉……」「你們家一直就在台北嗎？……」「籍貫不會是台北罷？……」

我的籍貫應該算什麼地方？花蓮罷，那畢竟是我父母所從來的地方。可是照這種算法，我父親卻又不是花蓮人了。因爲我祖父生在宜蘭，才從宜蘭遷往花蓮的，至今我姑姑的閩南語裡，還讓人聽得出含帶有宜蘭特有的腔口。宜蘭腔裡特有的〔wɪ〕的音，帶著幾分莫名的諧趣。姑姑挑幾個帶〔wɪ〕的字拼湊成「轉〔dwɪ〕來去呷飯〔bwɪ〕配魯蛋〔lwɪn〕」的句子，講起來總能逗得衆人哈哈大笑。

宜蘭那個故鄉比起花蓮更遙遠。只知道還有些別房的親戚在，卻根本談不上什麼往來。最近冬山河整治成觀光河道，成了全國知名的地方了，我才三不五時帶點虛榮地說：「其實我祖父是宜蘭冬山人，我大概也可以算是宜蘭人罷。」不過這樣標舉的故鄉，就眞眞只是一分空空洞洞的虛榮罷了。

小時候，在被虛幻大中國情結扭曲的價值裡，作一個外省人常被視爲天經地義就比本省人高尙、純正些。我還記得有一陣子自豪「國語」講得流利，到被誤認作外省人的地步，因而當被問到籍貫時，會大言不慚地說：「我祖籍是甘肅。」把人唬得一楞一楞的。

要說荒謬也是荒謬，要說可憐也滿可憐的。現在想起來，就是在清明節回返花蓮掃墓時，看到墓頭上都有「隴西」的字樣。在台灣偏離現實的教育中，何曾有人教過我們「隴西堂」的歷史意義與源流，蠢蠢然抓住「隴西」二字作地名看待，以爲隴西在甘肅，所以我們顯然應屬甘肅人罷。私心底眞是覺得作甘肅人比作台灣人光榮多了呢。

我們家是以閩南語爲母語的。可是爲了小孩的教育，爸媽從來只有強制自己學講國語，卻不曾要求我們使用他們最能靈活自在表達的語言。我們的印象裡因而總以爲上一輩的人木訥、結巴，缺乏在公共場合侃侃而談的風度、能力。殊不知眞正問題出在那時代我們心目中的「公共場合」事實上不是眞正公共的，而是帶有強烈單一語言封閉性的扭曲結構。

娶了客家女子爲妻之後，幾次閒談，才又赫然發現我們家族裡保留的若干習俗，竟然具有強烈而明顯的客家特性。照種種跡象看，我們家很有可能是在語言認同上被閩南化的客家人。過去不知在哪一代，已經經歷過一次因社會群體壓力迫使放棄母語的事情了，只剩下對待家族內部成員的若干儀式上，還保留了客家的風俗習慣。

在九〇年代，族群意識高漲的台灣，我的身分認同意外地多了一條流浪的岔路。「我到底是什麼人？」站在花蓮新港鹹勁十足的海風中，我忍不住問起這類在形式上沒有意義的問題……

●

花蓮給我兩次無法磨滅的記憶，然而弔詭地，這兩次記憶卻拖著我遠離花蓮。

第一次是小學時回鄉奔喪，連續兩年內祖母、祖父相繼謝世。

從小和祖父母並不親，我根本完全沒有被祖父母抱在懷裡的記憶。如果說我其實不認識祖父母，當然是很殘酷很令人傷心，可是卻不能說是誇張、離譜。

我是從喪禮裡才知道關於祖父母的點點滴滴。坐在大人群裡，冗長一天接一天的儀式中，東一句西一句地，再加上靈堂前配掛的放大照片，祖父母才在我心中慢慢地活起來。

我才知道祖母一向身體強健、祖父卻耗弱多病，然而祖母卻在一夕間病逝，留下全然無準備、精神大受打擊的祖父。我才知道祖父年輕時是個優秀的木匠，並將巧手巧藝部分傳給了父親，難怪父親老覺得我的工藝習作件件不及格。我才知道原來祖父有酗酒的毛病……

點點滴滴累積起來我錯失了的親人。喪禮道教儀式到最後，有過「奈何橋」的動作，活著的最後一次呼喚親人的名字，卻是到了要過「奈何橋」了，我才了悟到自己眞正喪失的是什麼，於是叫喚著阿公阿媽而涕淚不能自抑了……

祖父母雙雙過身之後，我們回花蓮過年的次數就沒有那麼頻密了，而我只能在台北斷續摹想橋那頭的親人……

●

另一次記憶則是關於外祖父的，我完全不曾謀面的親人。

外祖父死於二二八事變。在社會禁忌的氣氛底下，我一直到二十歲，才算弄明白二二八是怎麼回事。

可是除了知道二二八，我更想知道死去的外祖父是怎樣的人。我開始一次又一次試圖尋索外祖父，尋索他當年走過的路程及想過的事、遇過的人。

然而我的尋索完全失敗。時間替一切裹起了一層看似半透明，卻絕對無法拭清、更不能敲破的硬殼。我努力地敲啊敲，回音一次比一次響亮，怎麼聽都像是發著「遺忘！遺忘！」的音啊。

二二八從歷史冰層裡解凍了，然而外祖父卻消失了。他變成二二八裡面的一個名字，人家只要知道他死在二二八，卻不想記得他有血有肉時是個怎樣的人。

我一直只能在台北啃讀關於二二八的資料，卻找不到半世紀前作爲花蓮首富之子的外祖父的形影……

●

也許是關係到太多死亡與悲懷罷，我少年時代曾經寫過題爲〈花蓮〉的組詩，內中充滿了陰翳與黑暗的種種暗示。

還記得其中一首開頭是這樣的堆疊：

若干年後你會憶起刀傷憶起痛楚
憶起雨夜劈雷聲中的倉皇疾走
憶起追趕撲襲的魑魅鬼影
憶起總也不亮的天邊映著深黑色的命運之齒
嚙食了太陽而以殘婪底唾沫假扮光的形狀
儘管你位於東方卻也等不到黎明……

另外有一首是描述海港的：

人家的港口吞吐貨物人客
你卻吞吐虛空
虛空在你肚裡染上死亡的顏色
吐出來成爲暗藍深陷無底
比深淵更深更墮落的迷航海域……

現在已經很難確切解說為什麼要如此詆毀花蓮，也許是流浪求索總是失落後的憂鬱罷，當然，也有可能是從哪裡模仿抄襲來的頹廢情緒罷。

這一組長詩，除了少數幾句寫在筆記本上的草稿外，後來都被我撕毀了。那是我一輩子對自己的作品最大規模的摧殘。我還記得那天，在街上買了出身花蓮的詩人楊牧的詩集《北斗行》，回家後匆匆翻了目錄，先找了題為〈帶你回花蓮〉的詩來讀，反覆地誦讀三遍後，我整個人突然被一股焦躁中夾帶的暴怒緊緊攫住，完全沒有防備地拉開抽屜將尚未完成的組詩稿慌亂抓出，用力地一張一張撕得粉碎……

我還在猜十幾年前的那個少年，為什麼被挑起了毀滅的衝動。年歲較長，現在慢慢相信，那股衝動恐怕不真的是憤怒，而是害怕。是在楊牧的情詩裡看到一個全然明亮、美麗、多情，充滿了浪漫象徵的花蓮。年少的我驀地明瞭，組詩裡寫的其實根本不是花蓮，花蓮應該是像Y描述的那樣美好，那麼那些陰鬱墮落，只能是我自己內在的暴露自剖罷……

被自己性格裡的罪惡可能給嚇住了啊……

●翡翠色的一方手帕
帶著白色的花邊
手帕繡幾朵白雲，再繡
六條捕魚船……

我反覆誦唸Y稱美花蓮的詩，漂晃、流浪的感覺更強了。我想我眞的需要一個故鄉。我想把花蓮化作一方綉有蓮花的手帕，下次再被迫出航流浪時能夠揣在懷裡，給我一點家的感覺……

舊日情懷與現實思索

❶

對我而言，所有的詩都是舊的。

我當然不是否認「新詩」作爲一種文類的存在，有別於講究音韻格律對仗用典的舊體詩。我也不是那種喜歡探求通則，逼視永恆，因此堅持「太陽底下本無新鮮事」的哲學家。

詩的滄桑舊感完全來自我私人生命經驗的偶然。詩的熱情浪漫、趣味風華、乃至艱難苦澀，在我的認知架構中已經不再能跟少年時代分離。每當詩的感覺湧上，一定同時逼擠出記憶與遺忘的弔詭並列，選擇性的凝視與失焦，這樣唯有時間沖刷才能製造出的特殊效果。

❷

那個年代一顆心其實還是很窄很窄，還活在定義嚴格的線性價值框框裡。青少年期的騷動反叛，意味的只是拒絕接受大人們現成排好的價值層級，要自己來另外排一套，卻從沒想到過徹底放棄那種高下排列的基本模式。

自己排的層級，有些純粹針對大人世界的反動。例如把成績單上數字青紅的重要性故意壓到最底層，甚至比不上自由杯飛駝裕隆或國泰南亞對決的終場比數。有些則和大人世界一樣沒什麼道理好講。例如覺得在文學的領域裡，詩的寫作自然高於小說散文。

即使今日努力回想，依然不是很淸楚爲什麼詩會擁有那樣不容置疑的崇偉光環。勉強要分析的話，也許只能說詩作者與作品間的關係，似乎比其他文類都來得緊密，甚至帶有若干神秘色彩。小說家是被作品定義的。因爲寫小說所以是小說家。然而抽離了寫小說這一部分的活動，小說家沒有本質，就是一般形形色色的人。詩人卻不一樣。詩人有一種直感浪漫的本質，他整個人和詩是無從分辨的，甚至可以說詩只是詩人生命呈露外現的一個形式。不寫詩的詩人一樣可以活在詩的本質裡。沒有人能懷疑其詩人資格。詩只是詩人的身分證，不是他的定義。

這當然是自欺欺人的迷思。不過在被無聊聯考、平庸教材壓得扁扁的日子裡，我們也只有在迷思中才能擁抱得到一點點自我和自尊。

❸

年少時，把寫詩當作一種解除焦慮的證明過程。很類似韋伯「預選說」裡的喀爾文派清教徒。不知道自己是否具有作爲詩人的材質，就像清教徒無從揣測自己是否獲選得救。詩人是不能訓練、不能學習的，就像上帝的旨意不被任何俗世的行爲所賄賂更改。因而活在持續的焦慮中，唯一的方法只有寫出詩來證明自己的詩人本質。就像清教徒在俗世拚命工作，用成果來安慰自己已取得進入天堂的資格。

讀詩寫詩。一個晚上可以解決掉兩本詩集。作詳細而苛刻的筆記，抽離蒸餾文字背後藏有多少詩人質素。很多詩根本不是詩人寫的。有些詩讀過後必須徹底予以遺忘，以免汙染品味。筆記裡充滿這類傲慢無聊的評語。

一個晚上同時也可以完成兩、三首詩。可是正因爲閱讀品味太刁了，對自己的詩始終缺乏信心。必須送到詩刊去發表來證明那的確是能被認可的詩作，然而又怕別人讀出詩背後尋覓未著的本質空洞，於是只能一個個筆名不斷變換。讓那些詩的身分流盪變動，永遠是沒有主人的游魂。

4

兩件事使我終於決定承認，自己恐怕不屬於詩這個最高眞理的菁英圈。

如果詩是最高眞理，那麼掌握著詩的人應該足可以用詩的直觀領悟，甚至創造世界。他的意識精神存在會跳躍一階，超脫凡俗的一些迷疑牽掛。我所讀到的詩論反覆地如此宣說。可是我卻甚至無法讓自己用高一點的俯角來解讀像「美麗島事件」這樣再世俗不過的事。甚至無法看透人人都堅持是非已然分明的道理。我在閱讀軍法大審紀錄時心頭蜷結憂傷莫名。這些都不在當時詩的意識許可範圍內，這是第一件。

第二件是N的刺激。很早就知道N也是詩的愛好者。時常和我交換買來借來甚至偸來的詩集，也幾次作伴一起滯留在周夢蝶的攤上。不過倒是不知道他寫不寫詩。

高二那年，和N都在校刊社。其實編校刊只是一個藉口，請公假跳脫上課下課束縛才是眞正目的。N算是最認眞的編輯，負責詩的專欄。向來我對校刊上登的詩是很反感的，覺得那都是些文字連綴的「僞詩」，嚴重缺乏詩質。在N的慫恿下，我寫了一篇長文痛批前期校刊上的詩作，大談意象、密度、美學世界乃至存在困境等轉手概念。

校刊出版後，隨後召開的檢討會向來是學長趁機修理學弟的折磨審訊。然而在檢討到詩專欄時，上屆的社長史無前例地發表了一番感性的讚譽之辭，認爲這個專欄水準超高無懈可擊。並且引領在座衆人鼓掌表示對N的肯定與感謝。

檢討會後，我們坐在冰菓室裡興奮地又把詩專欄翻讀了一遍。我的評論文章夾在一首詩和一篇關於詩的手札之間。突地我無法抑制心底翻湧騰冒上來的自卑感。那詩和手札透露著某種我追尋搜索始終覓而未得的情緒。怎麼講呢？一種明明有限的格局被無窮拉扯開展的悲劇感。一種徹底抽象的不服輸，不管現實構成條件如何惡劣，堅持要無邊幻想的一意孤行。相較之下，我的評論顯得如此小家子氣，汲汲於算計什麼是眞詩僞詩，而且硬梆梆無感情的文字，恰恰是我自己要主張的「眞詩」的背反。

我急急地問N那一詩一札記的作者是誰。我當時已經猜到兩篇作品應該出自一手，卻無論如何沒想到就是N的創作。我愣楞了好久，竟不知怎樣理解、處置心中的錯綜情結。

我想我潛意識裡不願接受N詩寫得這麼精采的事實。一個原因就在N渾身已透著詩的氣質。清瘦斯文而且胃弱多病，然而卻從不放棄任何想像冒險的機會。他好像完全不知道自然條件給予他的限制。常常幻想自己是動作捷敏如豹的小前鋒，因而使他在球場上的表現在別人眼裡格外拙笨可笑，像這樣的事。他有一個完全不和肉體連絡搭配的靈魂。他已經太像詩人，如果還能寫像模像樣的詩，那顯然在最高眞理的追求上就領先我一大截了。

很長一段時間，我抱著那本校刊思索自己的失敗。和N相比，我顯然不太具備什麼詩人本質的證據。事實上，我會這樣刻意地挖掘自己，就已是相當「非詩人」的了。N從來也不投稿，更對任何理性解釋詩的評論文章不感興趣。他的詩眞正就是詩人本質的流出，未經雕琢。甚至他編的專欄，也不是我再怎麼用心可以設計得出的。

到暑假來臨時，我放棄了作爲詩人的夢。決定降格以求寫小說。有好幾年，我忘不了小說是在攀不上詩之後的一種補償。甚至在寫了二、三十萬字小說，出版第一本小說集時，自序裡第一句話都還提到小說的嚴肅性質次於詩的追求。

5

小說與詩的區別在哪裡？大概有點接近《紅樓夢》裡的男人女人。男人泥做的，女人水做的。

小說世界必須是泥混不清的。有太多不純粹的細節打擾、汙染意念。寫詩的習慣影響罷，我有時會有用一個意念、意象去發展一篇小說的衝動。然而意念變成一個能以線性時態敘述的故事時，就已經變成了包納矛盾不諧和元素的叢綜。等寫在紙上，牽牽扯扯進各類細節，更成了無法辨認的一個曖昧。小說在形式上是理性的，時間序列敘事觀點條理鋪陳。也許正因爲形式清楚明顯，如果表達的意念簡單純粹的話，便難免讓人覺得幼稚難耐。所以骨子裡小說總得是雜的，是不透明甚至不統一的，似乎還眞有點像我們文化概念中的男人。姿態上必須是理性冷靜的，然而皮層腦膜下到處打結，甚至沒有能力始終如一地堅持愛恨情仇。

詩則可以是水，可以把千千萬萬的意象統納鎖進一個概念裡。不過詩，就像女人一樣，不是清淨一眼便可看穿的水。其水性表現在內在邏輯的一致，而表面卻可以是這樣的朦朧撲朔。詩所專擅的正是透明與不透明的弔詭。純粹的歧義（pure ambiguity）。

這是我大學時代的想法。那時候，N的女朋友是我的鄰居，她來向我抱怨不能接近N這個人。她覺得N是個文氣很重很重的人。寫詩寫書法讀文學歷史，是他最適合最快樂的事。可是卻有十分奇怪的自我誤解。選擇法律作專攻，而且常常夢想第一個一百萬如何賺到。N永遠不肯正視自己個性的這種純粹歧義。他女朋友疲憊困惑地說。

他們後來分手了。再見到那女孩時是在電視上，她已然成爲新聞節目的主播明星了。

❻

當兵的時候，進一步與詩決裂。或者應該說，與自己年少營造的詩的迷思決裂。部隊生活中親歷或聽來的荒謬情境，使我質疑舊日的文學典範。

至今追憶軍旅，都會有修辭匱乏的尷尬。不知道除了「荒謬」還有什麼字眼可用。這種荒謬的全面幅度，我曾自己設計實驗證明過。離退伍沒有多久，腦中儲存最多故事時，我要求自己在紙上寫下一般人可能接受的道德理念、原則。大小不拘。然後再找一張紙對照地寫下適足以扭曲、反諷這些原則的軍中故事。一對一排比清晰，沒有漏掉找不到的。

面對荒謬，似乎小說與詩都不怎麼使得上力。小說可以描寫荒謬，卻無法解析指出荒謬的原因。其結果有時候甚至可以成爲維繫荒謬情境的幫凶。我們反覆看到描寫，卻沒有分析，慢慢地原來不確定的失衡感被反覆刺激麻木了，我們會以爲荒謬原來就是正常，或至少是一種風尚。台灣小說史上有太多這類例子。

至於詩，更容易受到荒謬的侵蝕。詩所追求的純粹歧義弔詭，和混淆各類原則所產生的荒謬，有太多類似的地方。都是傳達著一種暈眩失重的感覺，找不到堆砌可以踏腳的地方。

更糟的是，也就在我當兵那兩年，開始聽到一些新的詩壇明星的故事。荒謬與道理原則的越界越線，甚至開始佔領詩的寫作、發表、流通、崇拜。從這些詩中讓我讀到年少時嚮往過的詩人本質，然而偏偏其作者人格距離當年讓我們癡醉狂幻的境界很遠很遠。

於是我不得不拋棄了詩的迷夢，轉而積極尋求批判荒謬、超越荒謬、耕耘新意義的不同工具。

⑦

沒有作過詳細研究，不知道「Poetics and Politics」這樣的連用，是什麼時候在西方學院裡流行起來的。只清楚到九〇年代，詩學和政治的結合，已經成了新興詮釋修詞中的固定字彙。

文學作品的解讀不再是一種浪漫投入的旅程，而毋寧是探求美學經驗與權力互動的練習。在詩學與政治的張力中，含藏著暴露、進而解消荒謬的運動意義。

只是這樣現實意義下的詩學，已經和年少所醉心的詩相去很遠很遠了。而九〇年代台灣也距離周夢蝶的小攤子有好幾光年了罷……

迷路的詩 II

❶時代

詩屬於一個逝去的時代。遲疑、溫吞、徬徨、臆測、隱藏、躲避、在最冷的空氣裡壓抑著最熾熱莫名衝動的那樣一個時代。

詩屬於一個逝去的時代。那個時代霧色茫重，大家在霧裡努力睜大眼睛想要看清楚周遭。永遠有無數神秘角落拒絕被明白描述。於是只能用詩，用晦澀中顫動著心悸的詩，來勉強尋尋覓覓。

詩給的不是問題，也不是答案，而是問題答案兩頭落空時無休止、無法克抑的逡巡考掘過程。問題在考卷上、答案在風中，詩在靜寂與騷動的辯證裡。

那樣的時代，本來就很像一個被愛情所逗引、想要趨近愛情、以爲擁抱愛情就能揭開愛情面紗的天眞少年。少年的愚騃、少年的無奈。

那樣的時代過去了。霧一層層漸漸撥走。可是詩已然成爲度過那個時代的人，生命中不可拒絕不可否認的血肉。總有少許的幾個片刻，詩從意識的迷宮裡鑽找回到出口，帶來時代錯亂的怳然冷然，陽光與濃霧的頡頏對話，引人趺坐憶想。

❷情詩

距離是我們生活的重心，是我們最珍視的朋友，最殘酷的敵人。

即使在嘈嘩喧嚷的夜市裡，或是因過度擠壓而啞然無聲的公車上，距離依然是橫霸強力放送的主調。我們不斷被教育、不斷學習什麼是適當的距離。人與人之間的距離、人與社會的距離、人與國家的距離、人與世界的距離。「生活與倫理」及「公民與道德」兩套課本，是我們的標準量尺。

太靠近的我們害怕，太遙遠的我們不切實際地奢望著。只有在情詩裡，我們練習著怎樣去縮短距離，打破和一個女孩之間的標準距離，同時又製造距離，藉著文詞字句的拐彎抹角增加遲疑、溫吞、徬徨、臆測的距離神秘感。

情詩，其實是對既有秩序的一種叛亂。最溫柔又最狂亂的弔詭叛亂。

❸叛亂

日子裡每一天都是愚人節，在那個時代。被愚、自愚或者愚人，選擇題，可以複選，不過沒有「以上皆非」。

要接受訓導處的規定嗎？從帽子、頭髮、制服、皮帶、褲腳寬度、襪子、皮鞋到腦袋裡背誦的東西。這樣被擺弄被愚弄。不甘心的時候我們就拿這些規條作叛亂的工具，和教官、老師玩著我們似是而非的遊戲，帽子要折到多翹才叫翹？髮長多長才夠格被誇張地罵作嬉皮？褲腳幾公分以上就無可爭辯地成了喇叭褲？制服顏色多白就不再是卡其色？書包帶子多長或多短就妨礙校風？

這些當然是愚蠢的遊戲。用浪費自己生命的方式浪費老師教官的生命，用無止盡的叛亂騷擾他們、愚弄他們。

不過一切畢竟都無傷大雅。反正誰也不曉得不浪費的生命應該去追求些什麼。在那個時代。

❹呼喚

當然有很多情緒在我們心中呼喚著，一些也許更有意義、也許更無聊的追求。不過我們是膽小的，而且不斷在尋找著怯懦的藉口。

曾經有那樣的一個機會，女孩的肩就倚著我的肩，裝作無心地將頭貼靠過來。我可以不動聲色，一樣裝作無心地牽握她的手，甚至可以用唇輕輕細觸她血色豐潤而膚色皙清的臉頰。

我沒有。我只是珍惜地記取她短短的髮梢幾乎是規律地搔拂過我頸顎一帶的感覺，認眞地思考那是風造成的現象嗎？還是她的心跳？該如何把在美麗與誘惑間的一切細膩，寫成一首一首的詩。

曾經有那樣一個機會，和大我十一歲的女子共處在她的房間裡。離別的前夕，第二天她就要飛去美國，又變成是他人的妻子，與我了無干係。她特別約我去她家，一直談到深夜。她知道那段日子裡我對她的依賴。她應該預期著，最後最後的刹那，我終究會說出對她的愛吧，而且有充分的理由給她或紳士或熱情的絕望的擁抱。

我沒有。我只是咀嚼著歡樂與哀傷似極端對立實則密切交相認同的緊張關係，想起寫過的詩，以及未來爲了紀念這段悲劇將要傾洩書寫的詩。

❺猶豫

猶豫是我們的印記，猶豫是我們的簽名式。

因爲叛亂，所以猶豫。因爲叛亂，所以怯懦。那些照著大人們設計好的路子去走的人，他們理直氣壯，他們充滿信心，雖然無法隨心所欲，但他們絕不踰矩。

我們猶豫、小心地試探從來沒人替我們規劃過地圖的領域。包括愛情。不參加叛亂的人，他們認定愛情是成人的事，與少年無關。我們則在愛情的三公尺深水池裡手忙腳亂。所有的書，包括別人不讓我們看的書，寫的都是成年人的愛與性，對我們幫助不大。不管如何精巧模仿，沒有人會拿我們當大人看待。

走離開學校的軌道，我們傾聽自己騷動叛亂的心跳。那裡面有一種海嘯來前的雄渾低音頻率，波波濤濤嘈嘈切切捲捲然轟轟然，怎樣的一隻怪獸將要脫柵而出。

我們會認識自己心中的這隻怪獸嗎？它眞的出來時，該跟它說些什麼？甚至，該怎樣跟它打招呼？「嗨，你好」？

❻慌亂

少年時期，最跩最酷的模樣就是假裝永遠不會慌張慌亂。寧可遲到，寧可因遲到趕不上朝會，也不願意追公車。追公車的動作實在太拙劣了，必須一手捏住大盤帽、一手拉緊書包，閃躍在人車中間。表現出無助、恐慌，完全被司機漫不經心的「開/停」念頭操縱著，完全沒有尊嚴。

正是心底愈慌亂的人，愈是害怕在外表露出慌亂、無助的樣子。自以為的悠閒悠哉，是慌亂本質僅存的一點掩飾。

❼尋覓

距離聯考不到一個月的時間，我們最後一次結伴遊植物園。植物依然，園裡濃郁的初夏氣味依然。混雜著潮氣將乾未乾，草澤熱烈萌芽成長，孑孑紛紛孵化為蚊子的種種異端氣味。讓我們幾乎忘卻掉時間，從高一到高三的時間差別。

後來我們晃到科學館，剛好看到復興美工的畢業展。大家都靜下來。靜靜地走過一幅幅的油畫、水彩以及雕塑和廣告系列示範前面。

那種慌亂的感覺又回來了。除了別人也有的，面對聯考面對未知的分數的慌亂之外，還有一些別的什麼。

不知道自己高中三年到底在尋覓什麼、到底尋覓到什麼的慌亂。人家有明確的技巧與作品在他們的名下，那些美工學校的學生們，畢業展就是他們三年的交待，不管多好多壞，總是紮紮實實，可以看得到摸得到。我們除了將到未到的聯考成績單外，有什麼可以展覽的？成績單能算作品嗎？薄薄的一張電腦分數，能承載多少眞理？

於是感激地慶幸，還好我們有詩。詩是尋覓路途的隱晦紀錄。

❽羞怯

詩屬於一個逝去的時代。一個間接、彎彎曲曲的時代。一個羞怯的時代。

一直到今天，我不喜歡接電話。電話鈴響毫無例外地會讓我心跳加快，毫無理由。我也不喜歡打電話。總是能拖就拖，撥了號碼又恨不得別人不在家，或者電話佔線。

懷念那個用文字書信來往，事情都不需要當面當下交涉解決的時代。如果嫌書信還太明白直接的話，就寫詩。詩可以寫很長很長，講很多很多的感覺，卻只用了很少很少的字數，鋪陳攤白出來，空空洞洞的。

可惜那樣的空空洞洞，空洞中彼此猜測的愛與羞怯，不再能夠被容忍。

❾等待

她總也不來。週會老不結束。長長通往夕陽的路怎麼也走不到盡頭。信箱裡一直是空的。電話鈴卻遲遲不肯中斷。公車來了又走了。老師永遠佔據著講台講桌。心底的呼喚一再被延期。天黑了路上總有一盞慢半拍要亮不亮的燈。無奈淒涼的感覺就是找不到藉口發洩。找不到出口。

她總也不來，只好出發去尋找，卻迷路在第一個街角轉彎處。

❿迷路

近中年的心境裡，坦白地說：

能夠迷路的少年時光，竟是一種幸福。

◎楊照作品

紅顏
定價120元

《紅顏》係楊照繼長篇小說《大愛》之後，另一本文思雋永、引人入勝的短篇小說集。二十三篇精心之作，織畫出一幅幅深得人心的浮世繪。

暗巷迷夜
定價140元

這本小說應爲本土派作者想像歷史的方式，帶來重要突破。在解嚴解構的壓力（與魅力）漸行漸遠之際，《暗巷迷夜》另闢蹊徑，而別顯洞天。

往事追憶錄
定價130元

作者捕捉了台灣社會流動、舛互的記憶，透過虛構的敘述，描摹光怪陸離的轉型痕跡。

星星的末裔
定價150元

本書刻劃懵懂的赤子心懷，浪漫的男女情致，悲憤的青年幽思，感時憂國的時代熱情。

文學的原像
定價180元

本書可視爲近十年台灣文學的微形歷史，藉以蠡測台灣社會的脈動和活力；在作者的敏感和體貼下，書的生命靈光顯得熠熠不已……。

地上歲月　定價120元

◎陳列／著

本書不論敘事、狀物、描景或抒情，均構築出教人感動的情境；內容則探觸範圍寬廣，以寬博的襟懷去關心他人，親近自然大地，使全書篇章極見氣勢，且耐人深思。

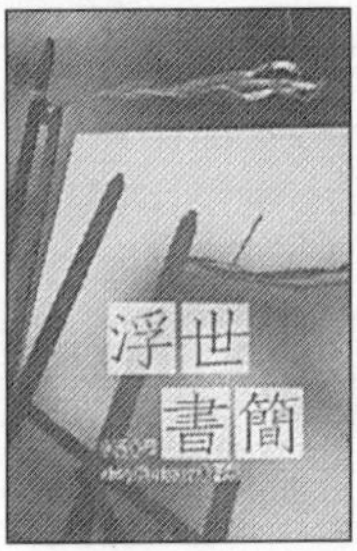

浮世書簡　定價200元

◎李黎／著

Mary Carlsson／攝影

本書的18篇情書，一方面檢視浮生裡時光和記憶的沈積，同時也記錄眞實與虛幻合而爲一的心靈足跡，並襯以美國著名攝影家Mary Carlsson精心拍攝的圖片，完整展現文字與攝影結合的清新的小說魅力。

飲食男　定價180元

◎盧非易／著

雖說「飲食男，女人之大慾存焉」，但本書倒不是只寫給女士們看的。凡是對唇舌之間的種種滋味、肚臍上下的種種活動，仍然感到好奇者，咸信本書都能提供一點過癮的效果。

劃撥帳號17623526聯合文學出版社有限公司
社　　址：台北市基隆路一段180號7樓
服務專線：(02)7666759・7634300轉5106

簡單的地址 103／文叢082

◎黃寶蓮／著

在台灣出生，唸完大學，黃寶蓮這位女子，當了半個紐約人之後，走過山，渡過水，行過高原和大漠，然後待在香港的一座小島，飢來喫飯睏來眠的生活。《簡單的地址》正是她簡單的心事，愉悅的體悟。

定價160元

花叢腹語 102／文叢081

獲一九九五年金鼎獎最佳圖書

◎蔡珠兒／著

《花叢腹語》是一名女子行走林間和花園的美麗心情，以及樹味花香的深刻觸發與想像，配佐名家柯鴻圖的精緻圖繪，興觀群怨，與花草同生，美輪美奐，不忍釋手。

定價180元

傲慢與偏見？ 115／文叢094

◎蕭　蔓／著

所謂三十而立，就是年過三十，我開始有了固定的關係、固定的工作、固定的消費習慣、固定的房屋貸款⋯⋯。

所謂三十而立，就是年過三十，我再也無法「落跑」！

因爲，我被自己的每一步抉擇，緊緊套牢。　　——蕭　蔓

定價170元

劃撥帳號17623526聯合文學出版社有限公司
社　　址：台北市基隆路一段180號7樓
服務專線：(02)7666759．7634300轉5106

叢書總目錄

001	人生歌王	王禎和著	定價140元
002	刺繡的歌謠	鄭愁予著	定價100元
003	開放的耳語	瘂　弦主編	定價110元
004	沈從文自傳	沈從文著	定價180元
005	夏志清文學評論集	夏志清著	定價130元
006	如何測量水溝的寬度	瘂　弦主編	定價130元
010	烟花印象	袁則難著	定價110元
011	呼蘭河傳	蕭　紅著	定價130元
012	曼娜舞蹈教室	黃　凡著	定價110元
015	因風飛過薔薇	潘雨桐著	定價130元
017	春秋茶室	吳錦發著	定價130元
018	文學・政治・知識分子	邵玉銘著	定價100元
019	並不很久以前	張　讓著	定價140元
020	書和影	王文興著	定價130元
021	憐蛾不點燈	許台英著	定價150元
022	傅雷家書	傅　雷著	定價180元
023	茱萸集	汪曾祺著	定價150元
024	今生緣	袁瓊瓊著	定價300元
025	陰陽大裂變	蘇曉康著	定價140元
028	追尋	高大鵬著	定價130元
029	給我老爺買魚竿	高行健著	定價130元
031	獵	張寧靜著	定價120元
032	指點天涯	施叔青著	定價120元
033	昨夜星辰	潘雨桐著	定價130元
034	脫軌	李若男著	定價120元
035	她們在多年以後的夜裡相遇	管　設著	定價120元
036	掌上小札	蘇偉貞等著	定價100元
037	工作外的觸覺	孫運璿等著	定價140元
038	沒卵頭家	王湘琦著	定價140元
040	喜福會	譚恩美著	定價160元
041	變心的故事	陳曉林等著	定價110元
043	影子與高跟鞋	黃秋芳著	定價120元
044	不夜城市手記	蔡詩萍著	定價130元
045	紅色印象	林　翎著	定價120元
046	世人只有一隻眼	凌　拂著	定價120元

劃撥帳號：17623526聯合文學出版社有限公司。如欲掛號，每件另加十四元。本書目所列定價如與版權頁有異，以各書版權頁定價為準。

叢書總目錄

048	高砂百合	林燿德著	定價180元
049	我要去當國王	履　彊著	定價120元
050	黑夜裡不斷抽長的犬齒	梁寒衣著	定價120元
051	鬼的狂歡	邱妙津著	定價110元
052	如花初綻的容顏	張啓疆著	定價100元
053	鼠咀集——世紀末在美國	喬志高著	定價250元
054	心情兩紀年	阿　盛著	定價140元
055	海東青	李永平著	定價500元
056	三十男人手記	蔡詩萍著	定價120元
057	京都會館內褲失竊事件	朱　衣著	定價120元
058	我愛張愛玲	林裕翼著	定價120元
059	袋鼠男人	李　黎著	定價140元
060	紅顏	楊　照著	定價120元
062	教授的底牌	鄭明娳著	定價130元
068	少年大頭春的生活週記	大頭春著	定價120元
069	我們在這裡分手	吳　鳴著	定價130元
070	家鄉的女人	梅　新著	定價110元
072	紅字團	駱以軍著	定價130元
073	秋天的婚禮	師瓊瑜著	定價120元
074	大車拚	王禎和著	定價150元
075	原稿紙	小　魚著	定價200元
076	迷宮零件	林燿德著	定價130元
077	紅塵裡的黑尊	陳　衡著	定價140元
078	高陽小說研究	張寶琴主編	定價120元
079	森林	蓬　草著	定價140元
080	我妹妹	大頭春著	定價130元
081	小說、小說家和他的太太	張啓疆著	定價140元
082	維多利亞俱樂部	施叔青著	定價130元
083	兒女們	履　彊著	定價140元
084	典範的追求	陳芳明著	定價250元
085	浮世書簡	李　黎著	定價200元
086	暗巷迷夜	楊　照著	定價140元
087	往事追憶錄	楊　照著	定價130元
088	星星的末裔	楊　照著	定價150元
089	無可原諒的告白	裴在美著	定價140元
090	唐吉訶德與老和尚	粟　耘著	定價140元
091	佛佑茶腹鳾	粟　耘著	定價160元
092	春風有情	履　彊著	定價130元

劃撥帳號：17623526聯合文學出版社有限公司。如欲掛號，每件另加十四元。本書目所列定價如與版權頁有異，以各書版權頁定價為準。

叢書總目錄

093	沒人寫信給上校	張大春著	定價250元
094	舊金山下雨了	王文華著	定價140元
095	公主徹夜未眠	成英姝著	定價130元
096	地上歲月	陳　列著	定價120元
097	地藏菩薩本願寺	東　年著	定價120元
098	四十年來中國文學	邵玉銘等編	定價500元
099	群山淡景	石黑一雄著	定價140元
100	性別越界	張小虹著	定價180元
101	行道天涯	平　路著	定價180元
102	花叢腹語	蔡珠兒著	定價180元
103	簡單的地址	黃寶蓮著	定價160元
104	在海德堡墜入情網	龍應台著	定價180元
105	文化採光	黃光男著	定價160元
106	文學的原像	楊　照著	定價180元
107	日本電影風貌	舒　明著	定價300元
109	夢書	蘇偉貞著	定價160元
110	大東區	林燿德著	定價180元
111	男人背叛	苦　苓著	定價160元
112	呂赫若小說全集	呂赫若著	定價500元
113	去年冬天	東　年著	定價150元
114	寂寞的群衆	邱妙津著	定價150元
115	傲慢與偏見？	蕭　蔓著	定價170元
116	頑皮家族	張貴興著	定價160元
117	安卓珍尼	董啓章著	定價180元
118	我是這樣說的	東　年著	定價150元
119	撒謊的信徒	張大春著	定價230元
120	蒙馬特遺書	邱妙津著	定價180元
121	飲食男	盧非易著	定價180元
122	迷路的詩	楊　照著	定價200元
123	小五的時代	張國立著	定價180元
124	夜間飛行	劉叔慧著	定價170元

劃撥帳號：17623526聯合文學出版社有限公司。如欲掛號，每件另加十四元。本書目所列定價如與版權頁有異，以各書版權頁定價為準。

信用卡訂閱單

《聯合文學》

§郵購叢書

□一般讀者，享9折優待

□聯合文學雜誌訂戶，享85折優待

訂戶編號：UN________ (為維護權益，敬請註明)

□請以掛號寄書(另加郵費14元)

書名或書號(請註明本數)

____

____

____

合計金額：____________ 元

■信用卡資料

信用卡別（請勾選下列任何一種）

□VISA □MASTER CARD □JCB □聯合信用卡

卡號：____________________________

信用卡有效期限：_____年_____月

身分證字號：____________________________

訂購總金額：____________________________

持卡人簽名：____________________________ (與信用卡簽名同)

訂購日期：_____年_____月_____日

訂購人姓名：____________ 電話：____________________

寄書地址：□□□

____

填妥本單請直接郵寄回本社或傳真(02)7567914

請填妥後對折裝訂，直接投郵即可，免貼郵票。

廣 告 回 郵
北區郵政管理局登記證北台字7476號
免 貼 郵 票

聯合文學出版社有限公司

台北市基隆路一段180號7樓
服務專線：(02)7666759

更方便的購書方式：

(1) 信用卡訂閱　填妥「信用卡訂閱單」，傳真或直接郵寄回本社

(2) 郵政劃撥　　聯合文學出版社有限公司　帳號：17623526

◉ 凡以上列方式郵購叢書，可享9折，雜誌訂戶85折優待
◉ 服務專線：(02)7666759讀者服務組

《聯合文學》 迷路的詩 書友卡

感謝您購買本書，這一小張回函，是專為您、作者及本社搭建的橋樑，我們將參考您的意見，出版更多的好書，並提供您相關的書訊、活動以及優惠特價。

姓名：______

地址：______

電話：______ 職業：______

出生：民國____年____月____日 性別：______

學歷：______

您得知本書的方法

□報紙、雜誌報導 □報紙廣告 □電臺 □傳單 □聯合文學雜誌

□逛書店 □親友介紹 □其它 ______

購買本書的方式

□ ______ 市(縣) ______ 書局 □劃撥 □贈送

□展覽、演講活動，名稱 ______ □其他 ______

對於本書的意見（請填代號 ❶滿意 ❷尚可 ❸再改進 請提供建議）

內容 ____ 封面 ____ 編排 ____ 其它 ______

綜合建議 ______

______

______

您對本社叢書

□經常買 □偶而選購 □初次購買

您是聯合文學雜誌

□訂戶 □曾是訂戶 □零售選購讀者 □一般讀者 □非讀者

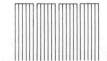

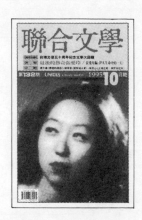

聯合文叢 101

迷路的詩

作　　者／楊　照
發 行 人／張寶琴

總 編 輯／初安民
主　　編／江一鯉
美術編輯／王永泰
校　　對／黃淑芬 楊　照

出 版 者／聯合文學出版社有限公司
地　　址／台北市基隆路一段180號7樓
電　　話／7666759・7634300轉5106
郵撥帳號／17623526聯合文學出版社有限公司
登 記 證／行政院新聞局局版臺業字第6109號

印 刷 廠／耘橋彩色印刷股份有限公司
總 經 銷／聯經出版事業公司
地　　址／台北縣汐止鎮大同路一段367號三樓
電　　話／(02)6422629

出版日期／85年7月　初版
85年7月5日　初版五刷
定　　價／200元

國家圖書館出版品預行編目資料

迷路的詩 / 楊照著. -- 初版. -- 臺北市 : 聯合文學出版 ; 臺北縣汐止鎮 : 聯經總經銷, 民85
面 ; 公分. --(聯合文叢 ; 101)
ISBN 957-522-142-7(平裝)

855　　85005327

沙特一存在主義

楚浮 慈悲屋

Allen Parker 名揚四海

(Faime)

楊牧 北斗行

羅青 吃西瓜的方法

海格爾 生命的被擲性

thrownness

科幻片 靜靜的航行

詩是詩人的身分證 不是他的定義